Reveries of the Solitory

一个孤独漫步者的遐想

[法]让-雅克·卢梭 —— 著

诗雨 —— 译

中国华侨出版社

图书在版编目（CIP）数据

一个孤独漫步者的遐想／（法）让-雅克·卢梭（Jean-Jacques Rousseau）著；诗雨译. —北京：中国华侨出版社，2017.10

ISBN 978-7-5113-7018-1

Ⅰ.①一… Ⅱ.①让… ②诗… Ⅲ.①散文集—法国—近代 Ⅳ.①I565.64

中国版本图书馆 CIP 数据核字（2017）第 201410 号

一个孤独漫步者的遐想

著　　者／（法）让-雅克·卢梭（Jean-Jacques Rousseau）
译　　者／诗　雨
策划编辑／周耿茜
责任编辑／桑梦娟
责任校对／吕栋梁
封面设计／刘红刚
经　　销／新华书店
开　　本／880 毫米×1230 毫米　1/32　印张/7　字数/100 千字
印　　刷／北京佳顺印务有限公司
版　　次／2017 年 10 月第 1 版　2017 年 10 月第 1 次印刷
书　　号／ISBN 978-7-5113-7018-1
定　　价／28.00 元

中国华侨出版社　北京市朝阳区静安里 26 号通成达大厦 3 层　邮编：100028
法律顾问：陈鹰律师事务所
编辑部：(010) 64443056　64443979
发行部：(010) 64443051　传真：(010) 64439708
网　址：www.oveaschin.com
E-mail：oveaschin@sina.com

《一个孤独漫步者的遐想》的作者是法国哲人文豪让－雅克·卢梭。这十篇漫步者遐想录是作者写给自己的，表达了作者倾心于大自然、崇尚感情、张扬个性的思想，而且它通过自身散发出的光芒，荡涤了若干个在俗世社会中污浊的灵魂。

这里所说的漫步当然是指身体上的，作者在漫步中感受大自然的美好，当然也是指心灵上的，作者身处于大自然和自己的心灵亲密对话，让自己的心灵得到了慰藉，当然也是指文学上的，散文这种新文学体裁得以出现，浪漫主义文学也由此发端。

有时，只要我们还拥有一颗对生命的好奇心，我们就会贡献出全部力量去和现实抗争，甚至做好了毁灭的准备。可是在这个世界里，毕竟只有少数人会疯狂到极致，会大彻大悟，这也就是为什么这本书会引起我们共鸣的原因所在。《一个孤独漫步者的遐想》之所以成功，原因就在于它反向印证了人类不可能超越自己的同类，不可能超越他们的影响，也印证了一个事实——不可能存在这种人文色彩极为浓厚的"孤寂"。此外，还有一点是我们不可忽视的，那就是准备彻底放弃文学的卢梭却无意间开创了一种新的文学种类，就是我们如今还在讨论的散文诗。

假如说《一个孤独漫步者的遐想》里的卢梭是一个和过去截然不同的卢梭，其不同之处不是在于他过度渲染的"极度的安宁"上，而是在于卢梭作为一位诗人、散文家，才刚刚摆脱中世纪的黑暗，18 世纪的文学还没有把实证逻辑的单调彻底摆脱掉，要不然就会被人质疑不客观、不合理。可是因为这部并非传统意义上的作品，所以作者不会受到局限。

卢梭忽然从斗争中抽身出来，尽管颇有些无可奈何，可是却也展开了一方新天地。而且他并没有一直消沉下去，可谓是在夹缝中求生存。所以在卢梭的十篇漫步里，用的字眼都是不确定的、含糊的，像宁静、安宁、孤单……甚至包括那些极为暗淡的：阴谋、陷阱……也极少包括具体的东西。所有的都用来打造一份在黑暗中求索的悲凉。

之所以要翻译这部作品，正是因为感受到了卢梭的这种无奈，和在逆境中积极向上的人生态度。每一个时代都会有自己的局限性，每个人也都会承受压力。面对压力，及时地放松自己，才能让自己轻装上阵，迎接更加美好的生活。

由于水平所限，在翻译过程中难免会有疏漏之处，敬请各位老师和读者雅正。

Contents

目录

一
命运

　　于是，我在这个世界茕茕孑立，独自漫步。兄弟，邻居，好友，社交都离我远去，我能拥有的只剩下自己一人。我本是人群中最喜欢社交、非常具有亲和力的人，可如今却被所有人视如草芥。因为仇恨，他们殚精竭虑地寻找着最残酷的刑罚用以摧残我不堪一击的灵魂，他们残暴地砍断了我与外来人之间的所有联系。虽然人们如此待我，但我依然深爱着他们。我认为他们既然是人，就不至于总是躲避我的感情。尽管这样，他们依然与我渐行渐远，变得疏离，最后变成路人，这也是他们想要的结局。可是我呢？与周边的人群、事物变得毫无瓜葛的我，又该将自己置于何类呢？这是一个等待我冥思苦想然后去上下求索的问题。然而悲伤的是，在思索这个问题之前，我不得不先思量自己的处境。为了可以由此及彼，我必须明白自己置身于何种境地。

我身处这孤独的、与世隔绝的境地中已长达 15 年，也许是开始于更久远的年代。于我而言，至今都恍若在梦境。我总是安慰自己，这不过是最平常的消化不良症罢了，只不过是历经了一场梦魇，只要醒过来，一切苦痛都会烟消云散，我的身边仍然会有挚友相伴。是啊，必然是这样的，也许是在不曾察觉之时，我已然从现实生活纵身坠入了恍惚的梦境，抑或是由生入死，不明所以，我被事物的正常秩序所抛弃，眼巴巴望着自己深陷难以解释的混乱中却无能为力，在这混沌虚无的境界，我无知无觉，如木头人一般。然而我越是想弄明白自己所处的境地，就越是糊涂到难以理解自己究竟置身于何地。

唉，当时我怎么能预料到如今的窘况呢？事已至此，我难以自拔，又怎能以局外人的身份看透这捉摸不透的局面呢？仅以我的见识和眼光，怎能预料到未来的某一日，我还是我——昔日如是，而今亦如是——可他人却已用别样的眼光看我了呢？毋庸置疑，我被当作异类、社会的恶瘤和凶犯，我甚至成了整个社会中最让人厌恶的渣滓，连市井之徒也可对我肆意玩弄。来往行人对我的致意只有唾骂，如果可以将我活埋，将会有整整一代人为之拍案叫绝，这一切都是我无法预料的。在这场难以置信的变革发生时，我猝不及防，最初只觉得头晕目眩。惴惴不安、怒到极致的情绪让我迷失在几近疯狂的狂乱之中，我勉强让自己从这种近乎疯狂的躁动不安中冷静下来整整耗费了十年时间。在这段时间里，我犯的错总是周而复始，还做了层出不穷的蠢事。我这样轻佻鲁莽，最终为那些时刻准备对我的命运指手画脚的人提供了饭后谈资，我将诽谤我的工具拱手相送，他们得心应手地运用着这个工具，最终决定了我的命运，再也不能挽回。

　　时间在推移，我没有一刻不在抗拒这种命运，我不懂使用心机，不懂交流技巧，不懂隐藏自己，更不懂何为谨慎而为。我这样的正直诚心，坦坦荡荡，可是又无能为力，心烦气躁，这些无谓的反抗让我越陷越深，这恰好为他们提供了更多用于击败我的有力武器，他们把握着每次机会将这伤害我的武器运用得恰到好处。我终于醒悟，自己的所作所为无异于以卵击石，只会让自己更痛苦罢了。所以，我最终做出了一个难以置信的决定，我不得不向命运低头，接受它的安排，将命里定数全盘接受。我终于在自己的妥协中得到了安宁，一种在困境中徒劳无益地反抗挣扎时不该有的安宁。也恰好是这种安宁，弥补了我所有的伤痛。让我重获安宁的还有另外一个原因，那些迫害我的人的双眼被仇恨蒙蔽，于是他们忽略了一点，他们应该步步为营，慢慢加大折磨我的力度，还要不停变换花招，再对我实施新的攻击。如果他们足智多谋，深谙如要完全拖垮我，就该给我留下一线希望之光的道理，我可能仍然被他们锁在苦痛巅峰的枷锁里，直至今日。他们大可以让我有所期待再继续引诱得我团团转，那样的话，我会因希冀落空而持续不断地背负新的创伤。可是他们在这之前就已招数用尽，在逼迫我变得一无所有时，他们也落得和我一个下场。他们对我的诬蔑、侮辱、讥讽和凌辱，虽然不会手下留情但也不会像之前那样肆无忌惮。我们都一样的束手无策，他们不能让我的处境变得更糟，而我也无法再全身而退。他们迫不及待地要使我受的痛苦达到巅峰，即使倾其所有，也要居心叵测地用上如地狱般的全部阴谋诡计。也就不过如此吧。肉体的疼痛不仅没有让我变得更加痛苦，反而将我的注意力转移了。也许我在撕心裂肺呼叫的同时，肉体的痛也让我免于独自怆然，因为心碎的伤痛暂时被肉体的痛所抑制。他们能做的都已做了，我还有何所惧呢？他们已不能再将我的处境变得更糟，因而我也不会再如惊弓之鸟了。因为他们，我摆脱了忧虑和惊恐的痛苦，这对我来说无疑是一种安慰。对于现实的痛苦我无所畏惧，我轻松地承受着正在经历的磨难煎熬，可还是难以忍受内心对未知的恐惧。在这种风声鹤唳的遐想中，各式各样未来的苦痛紧紧纠缠，错综复杂，并被无限放大，在我的内心无限增长。于我而言，等待痛苦的降临比承受痛苦要残忍千百倍，枪口临于胸膛比承受枪击更让我恐惧万分。厄运当头时，事实的想象空间便消失了，只留下了遐想的内容。于是我发现现实的痛苦与我所想象的比起来简直不足挂齿，这更是让我在各种苦难中体会到了些许的自在和安慰。在这种状态下我不再受新的恐惧的束缚，我从焦灼的翘首以盼中解脱出来，只剩下了习惯。这让我日渐甘心忍受自己的境况，因为的确没有什么可以让这境遇雪上加霜了。而我也在时间的推移中慢慢变得闭目塞聪，该如何让我的感官重新变得敏锐他们也无计可施。这就是那些因惊慌而竭尽全力迫害我的人们给我留下的仅有的一点好处。他们不会再影响我，我却从此可以肆意地嘲笑他们了。

我的心境变得如湖水一样平静也不过才两个月罢了，从很久之前起，我也不再有任何忧思恐惧，但我仍充满希冀。这一缕希望之光时而给我安慰，时而又让我沮丧，它无休无止地凌虐着我。最终，一场悲伤的不测风云遮掩了我心中最后一缕希望曙光，让我终于看清自己的命运早已注定，且覆水难收，此生再也休想绝处逢生。从那一刻开始，我别无所求，开始逆来顺受，竟也重获安闲自在。

我已经放弃了在我耄耋之年人们还能云集相应的念想，即便人们一改故辙，也休想我礼尚往来，我不需要这样毫无意义的回心转意，如若人们要再回到我的身侧也是白费心力，让我成为他们其中的一员也只是妄想。因为他们，我对任何事物抱以嗤之以鼻的态度，他们毫不知羞，恬不知耻的丑态更让我觉得枯燥乏味，所有的一切都让我觉得是画蛇添足，我的幸福感来自于独处时的时光，相比对人们阿谀奉承，这可以给我成倍的快乐。我心中原本对社会以及社交抱有的最美好的期待都被他们全数摧毁。我已在黄昏暮色之际，想再对所有美好情感重新抱有期待已是心有余而力不足。从今往后，无论他们如何待我，我都心如止水，即便同时代的人想对我做些什么，都无法在我心里掀起任何波澜。

不可否认，我曾将希望寄托于下一代，希望他们要比我更有眼光，更有远见卓识，他们可以用公正的态度评判我，可以识破前人在我身上使用的阴谋诡计，从而了解我的本来面目，以此做出最公正的评价。抱着这样的希望我写成了《对话录》，也正是这份希望促使我的种种举动都几近疯狂，拼尽全力让这部作品的影响源远流

长。这一点希望诚然如天边星宿遥不可及，却让我坠落
的灵魂再次越向高空，就像很久以前四处寻觅正义之士
时那样。然而我抱着这份期许憧憬着遥不可及的未来，
这无疑又是白费心神，我再次成为众人戏弄的小丑。这
份期许建立的基础我在《对话录》中有所展示。但我错
得彻底，幸运的是我清醒且迅速地认识了自己的错误，
才在余生有了一段完全避嚣习静的时光。我十分肯定，
从这一刻开始这段安宁的休憩时光不会被任何人打扰。

不久前我才大彻大悟，期待人们一改故辙实在错得
离谱，寄希望于下一代更是痴心妄想。因为前一代人的
看法会影响到后一代人，而前人对我的看法只会有日趋
渐深的憎恶。个体会死亡，但个体组成的集体却一直存
在。他们对我的厌恶会在集体中永世流传，而他们呼之
欲出的愤慨，与诱发这种情绪的魔鬼般不死不灭，永远
都朝气蓬勃。即便是与我势不两立的个人都已经离世，
医生和奥拉托利会（Oratorien，圣斐理伯内利在罗马创

建的天主教社团）的成员们依旧存在；哪怕迫害我的只
有这两个团体，在我死后他们也不会让我安息，会一直
像我活着的时候那样折腾我。也许时过境迁，那些被我
冒犯过的医生会停下来，但这些属于教会、过着半僧侣
生活的人们，这些我曾经用满腔热情去对待，发自内心
地去尊重，全心全意地去信任且从未冲撞过的奥拉托利
会的成员们，却永远不会饶恕我。他们将并不公正的罪
名强加于我，可因为那可笑的自尊，他们也永远不会原
谅我。公众在他们的煽动下站到了他们那边，因此他们
心里对我的厌恶便无休无止了。

　　于我而言，这俗世的一切都已结束。人们再也无法
给我幸福或者是伤害。在这个世界上，我不再有满心期
许，不再惶惶不可终日。即使身处深渊也一样心平气和。
时乖命蹇的可怜人啊，却如神明一般没有了七情六欲。

　　我与外界再无任何瓜葛。我在这尘世间再无近邻，

再无同伴，再无兄弟。我犹如一个外星人恍惚间跌落在这举目无亲的陌生人世间。那些我觉得熟悉的事物，也全都是让我心痛到无法自由呼吸的事物。目光所及之处，仅是足以让我愤懑的鄙夷或是让我忧伤的悲痛。既然如此，还是让我的身心远离这些痛不欲生却一无是处的事物吧。既然只能在独处时获得安慰、期许和平静祥和，就让我在茕茕孑立中度过余生吧，我只能也只愿在这样的孑然一身中过好自己应有的生活，因为有这样的一种状态，继而在之前的《忏悔录》的著述之后，我再次开始深思熟虑地反省。我用这仅有的余生来研究我自己，就算是在提前总结自己的一生。我剩下的属于我自己的也只有灵魂了，这是任何人都无法从我身上抽离的事物。与自己的灵魂对话我甘之如饴，就让我沉迷于此吧。如果坚持自我反省可以让我混乱如麻的思绪变得条理清晰，让持续不断的伤痛慢慢愈合，那我绞尽脑汁的反省就有了些许价值，这样在人世间已经一无是处的我也算没有浪费这余生。漫步于闲暇时光里，各种沉思遐想总是充

满兴味，遗憾的是我没有逐一记下。我用笔墨记下还留
于记忆的思绪，每一次重读都能让我心生愉悦，一如当
时。我想着这些灵感理应获得的赞誉，便遗忘了我跌宕
起伏的遭遇，遗忘了所有意图不轨的人们，也遗忘了他
们给我的羞辱。

　　确切地说，这些书稿不过是写满了我不成形的遐想
日记罢了。一个孤独者自然而然中想得最多的是自己，
所以相当一部分内容都有关我自己的思考。除此以外，
那些在漫步时从我脑海里一跃而过的光怪陆离的想法也
被我捕捉到并记录其中了。我一字不落地记录了当时所
有如波涛般的思绪，尽管前一天和后一天的想法迥然不
同。这些对于情感和思想的思考成了我所处的奇特境遇
里的精神食粮，我可以从中获得源源不断的认识，无论
是对自己的天性抑或是脾气。因而这些书稿亦可以看作
是《忏悔录》的后续，可我不会给它们以同样的命名。
"忏悔"这一主题我觉得已经乏善可陈了。我的心在逆境

的锤炼下变得纯净，若想从我的内心探寻到一些陋习的蛛丝马迹，必须不遗余力。他们把我对尘世的全数眷念连根拔起，我还有什么可以忏悔的呢？毕竟我连自责和自夸都已经失去资格了。自此，我在人群中再也没有了用武之地，成了一个脱离了群体的孤独者，我不得不说服自己适应这种环境。我做的好事总会有一个脱离预想的结局，我做的每一件事都会害人害己。如此一来，我迫不得已地将放弃自己的权利变成了我仅剩的义务，并将这项义务切实履行。我的身体虽然已经懈怠了，但我的灵魂依旧可以主宰我，新生的情感和思想总是会左右着我，灵魂深处潜在的精神生命力因为凡尘俗世的凋亡而愈发旺盛。于我而言，肉体已成累赘，它犹如一座高山挡住了我前进的脚步，我要未雨绸缪地做好时刻摆脱它的准备。

　　这样前所未有的处境必须进行研究和记录，最好的时光莫过于现在的这段闲暇光阴。研究要想获得成功必须运筹帷幄，但我却无能为力，这样做甚至和我梳理自己灵魂的初衷相违背。我只想从自己身上的某一点开始分析，就像自然科学家分析大气就能知晓当天的天气情况，我为观测自己的灵魂拟定了一张晴雨表。这种行云流水的思路，几次三番操作过的方法一定可以为我提供精准的数据。但是我并不想这样大费周章。我注重研究的过程，甚至不愿意让条条框框束缚了它。我要做的事情过程虽然和蒙田相似，目的却大相径庭：《蒙田随笔》是给别人看的，而我的遐想记录只给自己。如果一切正如我所料，我能在离开这个世界之前一直保持这般良好的状态，那么翻开这些记录时我就会忆起当初那段美好的时光，让昨日重临于我的心头。于是，我就又获得了一个人生。无论他人如何待我，我都可以再次体会人际交往的魅力，垂垂老矣的我和另一个年少力壮的我重逢，仿佛是和一位忘年交的老友重逢。

当我开始写作《忏悔录》第一部分和《对话录》

时，我绞尽脑汁地想着保护他们免遭荼毒，并尽可能将它们全部安然地传于下一代的办法。可正当开始记录下这段文字的时候，我全然没有了这样的顾虑。这样的顾虑没有任何意义，更不再抱有世人会理解我的美好希冀。那些能证明我清白的证据或许已经被销毁，于是，我的宿命，我的作品会有怎样的结局也就毋庸挂念了。我的生活轨迹在他们面前无处遁形，他们因为觊觎我的手稿而苦心焦虑，何苦这样相互折磨？把我的作品夺走吧，封杀吧，肆意篡改吧……我已经丝毫不介意了。我不会将手稿秘不示人，可也不会轻易地公之于众。就算他们有这个本事在我有生之年对我的手稿强取豪夺，可在我脑海中对书写的记忆是无论如何都无法抹去的，企图剥夺那些孤寂而静默的思索更是妄想——这些行云流水般的思绪在我灵魂消逝时也会跟着烟消云散。假如在我横遭不幸之初就明白，不要同命运做无谓的抗争这个浅显的道理，假如我在当初就做了现在这般明智的决定，那么人们全部的苦心孤诣以及所有危言耸听的诡计都不会对我有任何影响，即使那些老谋深算的陷阱都不会扰我安宁，更确切地说，从此以后我的休闲安宁之日再也不会被他们所扰。他们如果愿意，可以肆意嘲弄我所受的凌辱却无法改变我的冰魂雪魄和无辜，就算他们拼尽全力，也只能眼睁睁地看着我在余生中安然度日。

二
意外

　　旨在记下凡夫俗子在光怪陆离的环境中罕见的状态——制定下这个计划之后，我意识到最明了、最牢靠的做法无非是一板一眼地记录我在孤独环境中的独自漫步，一并记录的还有这独自漫步带给我的浮想联翩。我的头脑在这样的状态下完全放空，思想挣脱了世俗枷锁可以自由放飞。孤寂静默的时日是一天中最难得的只属于我的时刻，在这个时刻我的心中无牵无挂，这样才没有辜负大自然对我本身的塑造。

　　这项计划必须开始得越早越好，只因我的想象力已经大不如前，思绪不再似原来那般如源头活水，生气十足。漫无目的的想象也不能让我兴奋且充满激情，畅想时在心间环绕的都是快要淡忘的回忆，没有任何新的思绪。这种从内心深处升起的不由自主的无力感阻挡了我所有前进的步伐，生命的灵气从我身体里消失，我犹如一个活死人；灵魂用尽全力也休想从腐朽的躯壳中挣脱，内心深处对理想境界的期盼已经变成了泡沫，而我深知自己对这理想境界无福消受。对往事的记忆是我存在的依赖。所以，我不得不去追溯好几年前的时光，借用那段时光以便在余生全面地考量自己。让我难以接受的是，我竟在那时失去了对生活的全部希望，这世间再也找不到润泽我心灵的食粮，为了我未完成的使命，我不得不慢慢习惯在精神上自给自足，习惯在自己的内心去寻找生活下去的寄托。

虽然我开始发掘自身资源是在很久之后，始料未及的是这份资源竟如此丰富，不久之后我遭受的全部损失都得到了偿还。回归最真实的自我让我从感情的漩涡中挣脱出来，有些记忆也不再让我迷惘痛苦。身体力行之后，有了大彻大悟之感：真正的幸福唯有自己才能给予，如果你自己知道如何能让自己变得幸福，那么所有人都不能左右你，更难以使你变得悲惨。在这四五年间，对于品味内心的愉悦感我乐在其中，我享受着在凝神静思中由美好而温柔的灵魂带给我的如春花般灿烂的体验。虽然是独自漫步，我却并不孤独，因为我内心总会充斥着巨大的满足感和愉悦感，感谢那些迫害我的人们赐予我的快乐，否则我竟永生不会发现我的身体里蕴藏着如此巨大的资源宝库。可我该怎样利用这宝库以保证我的记录是真实可靠的，让人们觉得所言非虚呢？我总是容易沉浸在回忆的美妙氛围里无法自拔，很难好好地继续书写。可是，回忆就是要全身心地投入啊，不沉浸其中如何体会它的妙处呢？写完了《忏悔录》的后续部分，我在漫步时更加体会到回忆对我的影响有多深远，尤其是接下来将要书写的这一次漫步。一场意外打断了我在这次漫步中的思路，我的思绪一时间神游到了别处。

1776 年 10 月 24 日，星期四。午餐过后，我从大路一直走到绿径街，这是一条直通梅尼蒙当高地的街道。我穿过藤蔓缠绕的葡萄园，绿意盎然的草场，沿着曲径一直走到了夏罗纳镇。两座村庄间的景色明媚迷人，让观者心旷神怡。这可是不能浪费的光景，于是我拐了个弯，又回到了这片草地。我逛得兴味十足，对沿途明艳的景致都兴致盎然，并不时驻足研究绿丛中罕见的植物。我发现了两种在巴黎名不见经传的植物，不过在这里却显得生命力十足。其中一种是菊科植物毛连菜，另一种是伞形科植物柴胡。这意料之外的发现让我久久地振奋不已。这份兴奋的心情更是助我又找到了在这样高的地势中极难生长的植物：鹅肠草。我小心翼翼地将其中一株保存在我随身携带的书本里，尽管后来的意外让我遗失了它，可它最终还是被我找到了并收集到了我的植物标本里。

我继续研究了无意中遇到的另外几种开花的植物，我熟悉它们的外貌和分属科目，这样半知半解的研究更让我兴奋。接着，我不再专注于细枝末节的观察，开始致力于全局景色的研究，整体的感触，同样在我的内心划出了一道道涟漪，这些涟漪让我心生愉悦，让我感动不已。葡萄园的葡萄已经采收完毕，从喧嚣的城市来观光的游客也尽兴而归。田野里看不到农夫的身影，他们要在农忙时才会再次归来。可这不影响田野里生机勃勃的模样，满眼皆是绿意。可还是有些地方的树木受不住天气的压迫，树叶已经开始凋零，只留下光秃秃的枯枝。放眼四周，竟已有了寒冬将至的萧瑟景象。这番矛盾的景象让我既有春日暖阳的脉脉柔情，也有秋天万物孤寂的黯然神伤，我禁不住地触景生情，仅仅因为它们与我年龄相仿且几乎一致的宿命轨迹。我看着自己冤屈而悲惨的生命逐渐陨落，即使灵魂依旧饱含深情依旧光灿如昨，心灵的花田依旧百花盛开，也不能阻止这一切因为悲伤的肉体而逐渐枯萎，在烦恼的忧思中日趋凋零。被这世界遗弃的我，已经被最早来临的寒潮包裹着。我的想象力在这冰天雪地中凝固，孤独的空虚感再也不能用新的想象来抚慰。我不禁哀叹，不禁反躬自问：我存活于世的意义究竟是什么？我被上帝创造出来，是为了完成存活于世的使命，可为何现在还未曾轰轰烈烈地活过就已经面临结束了呢？抑或变成这样不能完全责怪我，我没有完成造物主赋予我的使命，因为人们完全没有给我完成这些的自由，至少我还可以献上早夭的善意、美好却无疾而终的情感，以及被众人不屑一顾的忍耐力。静默中我学会了怜悯，我开始回想灵魂发生变化的过程，从风华正茂之时到张弛有度之年，从人们开始将我与世隔绝伊始，直到我欲安然度过余生而选择的漫长隐居生活。想着我温柔敦厚却茫然若失的依恋，我开始变得温

二 意外 / 023

顺，我需要找到精神寄托以聊以自慰的想法开始浮现在
脑海。这更加坚定了我要将飘浮着的回忆变得有迹可循
的信念，于是我一边回忆一边记录，一如回到了昨日。
一个下午的时间在冥思遐想中轻松地过去了。这样的一
天让我觉得分外充实，可好景不长突然发生的意外将我
从安静的思绪中拖入了现实。

　　大约六点钟，我从梅尼蒙当高地走下来，快要走到
"快活园丁"门口时，走在我前面的行人竟纷纷四周逃
散，等我反应过来，只看见一条健壮勇猛的大丹犬以迅
雷不及掩耳之势冲着我疾驰而来，它的身后还有一辆华
贵的四轮马车。当它发现我的时候为时已晚，已经来不
及做任何补救措施。避免我被撞倒在地的唯一办法，就
是在它冲到我面前时纵身一跃，让它从我脚下走过。我
的身体当机立断，在这个念头蹦出来时已经做了决定。
恍惚间，我似乎安然躲过了这场危机，因为我完好无损
地站立着，在我的意识恢复前我是这样认为的。

　　我恢复知觉的时候天已经黑了。我才发现是三四个
年轻人搀扶着我，他们将事情的原委详细地告知于我。
那条大丹犬根本来不及收住脚步便一头撞上了我的双腿，
它飞奔过来的冲击力和自身的全部重量撞得我直愣愣地
倒了下去。上腭在全身力量的压迫下终是坚持不住，狠
狠地撞在了粗糙的路缘石上，这一撞伤势加重。祸不单
行，这恰巧又是一段下坡路，我终于头重脚轻地倒地了。

　　若不是马夫眼疾手快地勒住了马匹，迎接我的将是
四轮马车无情的碾压。这是我清醒后那些仍然好心搀扶
着我的人给我讲述的全部经过。我这样一再详细地强调，
是因为那时我的状态委实怪异。

　　夜幕变得更加深沉，映入眼帘的是浩瀚无边的夜空，
零星点缀的几颗繁星和一片黑黢黢的绿色植物。刚刚恢
复知觉时的懵懂是最好的时刻，犹如初临人间。就像在
那一刻我已重获新生一般，眼前的一切事物都能让我聆

听到自己生命的搏动，如空气般如影随形。我忘却了一切：自己的身体状态如何，刚刚发生了什么；自己是谁身在何方？我毫无知觉，不惶恐，更不紧张。我看着鲜血从我身体里汩汩流出，就像在看小溪流的水肆意徜徉而过，我没有惊觉这是从我身体里流出来的液体。我的身心，我的灵魂都在这种安详的令人心旷神怡的安宁中沉醉了，以至于在我回忆这份安宁时，觉得世间所经历过的所有乐趣都无法与之相较。

　　人们问我的住址，我无法答复，便开口问他们自己身在何处，被告知这里是"高地界碑"——我嗤之以鼻，为何不直接说是阿特拉斯山脉呢？我只好重拾耐心，问明自己在哪个国度、哪座城市、哪个街区。可是我对于自己身处的位置还是一片茫然，直到从苏醒的地方一直走到了大路上才猛然想起自己姓甚名谁以及住所地址。一位萍水相逢的先生陪了我一段时间，知道我的居所离这里很远后，他建议我在圣殿街附近租马车回家。我决

定采纳他的建议，在行走的路上我步履矫健，就好像刚
刚那场发生在我身上的事故是一场梦，没有给我造成任
何伤害。虽然我一直不间断地咳嗽，吐出的唾沫带血，
但相比之下，在刺骨的寒风中瑟瑟发抖，摔坏的牙齿还
不停打架的状况更让我难受。好不容易走到圣殿街，我
又觉得既然走路都能大步流星，身体定然无碍，我应该
可以一直走下去，这比在马车里蜷缩着还被冻得浑身僵
硬要好得多。于是，我真的走完了从圣殿街到石膏厂街
的半法里路。路途出乎意料的顺利，我成功地避开了来
来往往的车流，更是头脑清醒地选择了一条正确的回家
路线且安然抵达。我来到家门口，凭直觉打开临街房门
上的一把暗锁，又摸黑上楼梯，那一刻我才意识到终于
回到了自己家里。即便如此，我还是想不明白自己为何
会摔跤。除此以外一切顺遂。

　　妻子在见到我的那一刻惊惶失措，我才意识到自身
状况可能比我自己预料的要糟糕很多。我在那一天晚上

对于事故的创伤完全没有感知，直到第二天我的上嘴唇内壁撕裂了，一直伤到鼻子，如果没有皮肤的阻隔肯定已经皮开肉绽；四颗牙齿深深陷进了上腭，因为瘀血，导致我鼻青脸肿面目全非；右臂扭伤，左右手的大拇指也因扭伤而肿大；左膝因为一处严重的挫伤高高肿起，我无法屈膝，这让我苦不堪言。可在这无比糟糕的伤势中，我竟然没有一处骨折，牙齿也都完好无缺。这不幸中的万幸让我不得不感叹自己的好运气。

这就是意外来临时我全部的真实遭遇。没消停几天，我的事故就如同长了翅膀一样飞遍了整个巴黎，被有心人大肆渲染之后，待我听到时我恍若在听别人的遭遇，因为并不是我经历的样子。我预料到这场事故会被人们作为饭后谈资，在添油加醋后肯定会变味，各色离奇的传言开始跟风四起，还产生了种种晦涩的言论和可笑的缄默。人们在我面前交头接耳时还一副讳莫如深的滑稽模样，故作神秘的氛围让我焦躁不安。虽然一直生活在不见天日的环境，可依然不能改变我对黑暗事物的厌恶，对见不得光的一切没来由的心生憎恨。在这段时间发生的稀奇古怪的事件中，我只想详细告知其中一件，因为这一件事便足够了解一切。

在这之前，警署总长官勒努瓦先生与我毫无瓜葛，这次他却派了他的秘书前来探望，表示愿意为我提供各种让我不再受伤痛折磨的便利，可这对我来说没什么用处。秘书先生一直表示这个机会有多么难得，要我好好把握，甚至表明如果不相信，可以亲自给勒努瓦先生写信求证。他这副无事献殷勤和言之凿凿的嘴脸让我不得不思考是不是有什么不为人知的秘密，可我却无法拨开这层迷雾。这件事又开始让我惶惶不可终日，更何况是在事故后引发的高烧让我神志不清的情况下。于是，我又将自己陷入了千奇百怪的让人焦灼又伤感的幻想中，我对身边的一切开始评头论足，说三道四。明眼人一看便知我已经高烧到了神志错乱的状态，完全丧失了一个无欲无求之人该有的清醒头脑。

随即发生的一件事彻底扰乱了我的安宁生活。德·奥茉瓦夫人在过去的几年中一直对我苦苦纠缠，我一直心生疑惑。她煞有介事地送给我各种小礼物和毫无目的也了无乐趣的造访都表明着她无事不登三宝殿，可我依然猜不透缘由。她曾表明她写了一本小说，想通过我进献给女王陛下。我当时就已经表明了我对女性作家的看法。她依然处心积虑地告诉我，需要借我之名帮她献书的目的只是以便恢复她的价值和财富，我有些无言以对。后来她告知我，即便无法将这本书呈现到女王陛下面前，她也打定主意要将此书公之于众。如此，我更不会给她任何建议，虽然她没有问过我的意见，而我也明白即便给了建议她也不会欣然接受。她曾经提过要把手稿给我看，我拒绝了，她也就真的没有送过来。

在我静卧养病期间一个风和日丽的日子，我收到了这位夫人已装订成册的大作。在序言里，我不经意间就看到了对我连篇累牍不切实际的赞美，读起来丝毫不觉得顺耳，让我羞愧难当。在这白纸黑字间粗俗不堪的阿谀奉承让人深切感受到的只有她的不良居心，我对于自己的判断十分肯定。

几天后，我再次迎来了德·奥茉瓦夫人和她女儿的探望。她告诉我，书中的一处注释让此次出版的书激起了轩然大波。我对此书只是草草略过，并未仔细研究，于是在她走后我又重新拿起那本大作翻看，找到那处注释并仔细研究着。我才恍然大悟，原来这么久的来访，戴高帽的言辞以及序言中长篇大论的浮夸称颂之根源在这里。我断定她所作所为的目的只有这一个，那就是迷惑公众的双眼，让他们误以为这注释出自我的笔下，以借此在出版时将所有公众责难全数推之于我。

我只能接受这突如其来的非议，我没有办法平息，更没有办法消除它带来的影响。我唯有不闻不问，也不再忍受她们母女两个继续这欲盖弥彰而又无聊透顶的拜访。于是我给德·奥茉瓦夫人留下了便条：

"卢梭现已闭门谢客，特此敬谢德·奥茉瓦夫人拳拳美意，恳请夫人切勿再次光临敝舍。"

夫人的回信表面上看起来无懈可击，与同等情况的人们给我的回信一样口是心非。信中写道，我非常残忍地在她脆弱的心灵上施以酷刑。单单品味信中语气我几乎就要相信她对我的感情如此诚心诚意，坚不可摧，因为完全无法接受这般决绝的决裂而伤心欲绝。在这个时代，你要是对所有事物都秉持公正、坦率、真诚的态度，你就是罪大恶极。在我的同龄人中，我极其阴毒极其残忍，我是他们眼里的罪人，因为我不似他们那般虚与委蛇。

之后，我又出了几次门，有时还会到杜勒伊花园附近散步。可有些人见到我时竟然那般惶恐不安，我判断应该还有一些我不知道的消息。一段时间后我才听说世间疯传我在摔跤后就撒手人寰了。这则可笑的传闻在我知道的半个月后连国王王后都已经深信不疑，可见消息传播的速度之快。《阿维尼翁邮报》更是公开刊登了这则普天同庆的消息，还附带了对我人身加以羞辱和攻击的方式借以表达敬意，人们为我准备的葬礼致辞竟如此别致。

在这则消息传出的同时，我还偶然获悉了一则更匪夷所思的消息，可我本人却被蒙在鼓里：我的手稿印刷本已经被人们惦记上了。这让我意识到，他们已经准备了作品集，在我过世后一拿到手稿立刻就能出版发行。人们怎么可能将每一部手稿都原封不动地付梓出版？但凡头脑有一点清醒的人都不会做此打算，这是过去 15 年给我的教训。

类似的事件接踵而来，每一件都令人惊惧。沉睡的想象力再一次被他们唤醒，人们不厌其烦地将我的四周变得黑暗，也唤醒了我骨子里对黑暗的恐惧，我对这些稍不注意就开始指手画脚的世界厌倦了，对那些隐藏在黑暗里的秘密厌倦了。我只确定自己的结论：我本人的名誉和命运已经成为定数，付出多少努力都无济于事，更挣脱不出要摧毁我作品的魔爪，以至于想给后世留下自己的东西都是妄想。

　　只是这一次，我想得更加明白了。我最凶残的敌人是过于顺遂和扶摇直上，才使得这么多的巧合接踵而来，也保留那些位高权重之人，引导公众舆论的热门，国家领导人和享有盛誉的人，他们似乎对我怀有一些难以启齿的敌意并为此结成了同盟。这样目标一致的合作实属罕见，我不可能再自欺欺人地说这是巧合。这是牵一发而动全身的共谋，但凡有一个人拒绝共谋，但凡有一点意见相左，整个阴谋将付诸东流。可人们杰作的出现总是天时地利人和，这种让人叹为观止的合作和默契难得一见，我不得不怀疑，让这场诡计大获成功离不开上天的安排。我的经历和自身独特的观察能力让我是对自己的认知坚信不疑。在这之前，我认为是人心险恶所致，在这以后，我不得不认为是天意赋予人的难测本性。

我并没有因为这种想法感到残忍或伤心，反而让我得到了安慰，让我心平气和，悉听尊便。我也不像圣奥古斯丁那样贤明——即使成为众矢之的，但只要是神的安排，便听之任之。我顺从天意，并没有想像圣奥古斯丁那样超凡脱俗，但目的也是纯良无害的。我自认为我的做法更配得上我所推崇的完美主义。神对任何人都是公平的——神希望我受到磨炼，他也知道我是无辜的。这才是我信奉神明的原因。我的内心和灵魂向我大声宣告：信念是绝对忠诚的。所以人类也罢，命运也罢，都由着他们去吧。我要学着在默默无言中将这份痛苦咽下去。等到一切都恢复正常的那一天，等到所有的都走上正轨之时，早也好，迟也罢，终究会轮到我的。

三
知
识

"学而不倦，不觉老之将至。"

古希腊哲学家梭伦在垂暮之年时常重复这一小句
韵文。

我也垂垂老矣，从某种意义上看，这句话也可以延
用到我的身上。可是在过去的 20 多年里，生活教会我的

是一门相当悲伤的学问；还不如懵懂无知的好。逆境无疑是一位造诣极深的老师，但要想从中学到知识，需要付出极高的代价，还要做好付出与收获并不成正比的心理准备。更何况，我们掌握经验的时候往往已经错过了运用这些经验的最佳时机。青年时期是最佳学习时期，老年则要满腹智慧。我必须承认经验总是披着教育的外衣；但它也只能在久远的将来起到指导作用。人之将死才恍然明白该如何度过此生，但为时晚矣。

我所学的知识大多从自己的遭遇和别人的偏见中而来，可启蒙来得太晚又着实让人悲痛，于我而言没有任何意义。我学会了更全面地了解人类，可事实却让我更真切地意识到他们将我陷于难以言明的孤苦无依的境地。这些知识确实能让我避免深陷重重圈套诡计，但想要通过它让我避开任何阴谋完全是笑谈。这么多年，我依然抱有愚不可及和软弱无能的信任，尽管这份信任让我在漫长的岁月里迷失了自我，一直扮演着供人娱乐的角色，身旁闹腾的朋友们肆意地捉弄摆布着我，即便我被层出不穷的花招和诡计包裹得透不过气，也未曾对一切有一丁点儿的怀疑！是了，我被他们耍得团团转，沦为了他们的牺牲品，却依然傻傻地认为他们还一如既往地爱着我，对他们给予我的友情满心感激，并为此欣喜若狂。如今，美好的遐想如泡沫般消散，在理性和时间的逼迫下，我不得不痛定思痛，并接受其告知我的惨淡现实，正是这真相让我知道我已病入膏肓，唯一能做的就是不管怎样的境遇都要接受、顺从。我的现状更是让我醍醐灌顶，我在这个年纪积累的经验没有用武之地，对将来也毫无用处。

我们生来就置身于一个无边的竞技场，非死不能离。终于学会了如何驾驭马车，才猛然发觉马车已到了终点，有何意义呢？既然已经走到终点，应该考虑的是如何优雅离场。在垂垂老矣之际还能学习什么，最有用的莫过于学习如何面对死亡，但我的同龄人很少有人在这般年纪研究这个课题。他们面面俱到却唯独忽视了这一点。所有的老人都比孩童珍惜生命，他们对这个世界有比年轻人更多的眷恋。因为现世留下了他们付出的一切，所以当死亡来临时，他们认为一切的努力都没有了痕迹可寻。毕生精力、财富和夜以继日辛勤劳作的成果——在离世时都不得不放下。他们从未细想在离开这个世界时什么东西还可以一起带离人世。

我刚好思考到了这些问题，即使一无所获，那也并不是因为没有及时思考或思绪乱如麻时没有及时整理。因为童年时期就为尘世纷扰烦忧，那时就觉得我与这个社会格格不入。这个世界永远不能达到我对精神世界的需求。我预料到在这个尘世里不可能再获得幸福，便也不再试图去人群中寻找了。我那蓬勃的想象力已经远离了自己的人生，现今就像一叶在大海上随波逐流的扁舟正在努力寻找可以停泊的港湾。

这样的想法萌发于我幼时接受的教育，又在苦难和不幸中加以渲染，它鞭策我每时每刻都在寻找自身得以存在的价值和目的，我对此产生了浓厚的兴趣且为之花费了比别人多出百倍甚至千倍的精力。那些专研高深学问的人博古通今，但他们所拥有的学问对他们自己而言是外在的。他们想要鹤立鸡群，便转移目标去研究浩瀚无垠的宇宙，想弄明白天地万物间千丝万缕的联系，就像因为好奇而去研究某种机器的运作原理；对于人类的研究只是为了在某些重要场合口若悬河而不是为了武装自己，他们满腹经纶只是为了教育别人而不是反躬自问。这类人中更甚者只想出版一本书——书的内涵无关紧要，只要人们可以去读即可。一旦书发行，他们便将这本书抛诸脑后，除非到了需要毛遂自荐或是需要自圆其说的时刻。除此之外，他们从内容上得不到任何益于身心的观点，更不会担忧其中的篇幅会不会不妥——只要人们看之任之就行。但是我渴望自我成长，渴望提升自我，并非是要教育他人；一个连自己都不了解的人如何谈得上教育他人。我不断尝试着研究自己可能存在的人生，即便将我困在荒无人烟的岛上也不会对我有任何影响。人无信则不立，当我们的需求日渐提升，我们的信念也要随之跟上，这是指导我们行动的方向。我一直严格遵守这项原则，在漫长的岁月里，我总是没有忘记探索人生真谛，以点亮我生命的启明灯。须臾间，我又认识到纠结于探索这一真理毫无意义，曾经苦恼自己缺乏见风使舵的本领也就释然了。

我生在一个尊崇道德和信仰的家庭，后来得益于一位集智慧于一身，笃信宗教的牧师关怀，安然长成。我没有办法远离那些常被人们视为不合群的道德准则和为人处世之道。当我还只是孩子时我就有一个自己的世界，后来被如阳光般温暖的爱吸引，被吹捧得飘飘然而沉沦，被如暮霭般的希望蒙蔽，被如陨铁般沉重的现实压迫……习惯太可怕，它使得我不得不由信奉基督转变成为了一名天主教徒，时隔不久，我的身心都皈依了天主教。华伦夫人对我的教导更是让我对新信仰死心塌地。乡间小路上的独自漫步，让我沉迷其间的书海徜徉将我天生的浪漫情怀和宗教信仰融合在一起，让我的青年时期变得美好而有诗意，我差点就变成了像芬奈伦①一般的虔诚信徒。隐居时的遐想，漫步时对大自然的研究和对漫漫寰宇的思索都让我这个孤独的人迫不及待地冲向造物主的怀抱，使其怀着既温馨又痛心的情感，去探求万物之源和内心情感之源。我被命运推进世界的湍流，我被巨浪主宰着沉浮，我像个木头人般不知喜悲。那些美好的空闲时光像影子一样对我不离不弃，如空气般无处不在，我对实实在在围绕在身边的财富或幸福漠不关心甚至厌恶至极。在这样急躁的情绪里我越发不安，越发觉得希望渺茫，以至于收获甚微。而且，在初次感知名利荣誉之后，我便已察觉，就算有一天我成了自己想要的样子，我要的幸福也不会在我身边——我内心不明所

———————

① 法国路易十四时期的坎伯利大主教。

以却热切期盼的幸福。这一切都让我对尘世的依恋尽数消退，我还没有被不幸遭遇压迫成局外人，这份依恋就已烟消云散。我就这样在贫穷和富裕间、清醒和昏沉间左右摇摆，在这样的摇摆不定中走到了 40 岁，我的躯体沾染了许多恶习，但内心却纯净之至。生活中安之若素，没有理性规矩的束缚，对自己该履行的义务不以为意——虽然还没到对义务视而不见的地步，却无法正确地认识它。

从年轻时我就认定，40 岁是个分水岭，在这个年岁来临时，我将与奋斗无缘，必须光明磊落。我下定决心无论会遭遇怎样的境况，都要安然地度过每一天，不再想该如何逃离困境，不再想未来该如何应对。尽管这一刻来临之际与我的现实处境不符，我应该选择一条更适合自己更谨慎的道路，可我还是毫不犹豫地遵从了我内心的想法。我义无反顾地选择隐退，只想从中得到真正的快乐。我有一个不可撼动的愿望，我期待自己不再被魑魅魍魉纠缠，不再尝到满怀希望最终却跌至谷底的心酸，我要让自己的身心都生活在平和安宁中，这更是我对尘世无限的依恋。我褪去世俗铅华：去掉佩剑，丢掉腕表，脱掉白色筒袜，不再注重浮夸的装饰——我单单只需要一款假发和一件质量不错的呢绒大衣就足矣。更让我惊喜的是，贪欲和觊觎这种上不得台面的玩意儿也从我的心底连根拔起——这种贪欲将我想要放弃的事物——标价，导致我一直摇摆不定。我放弃了并不适合我的职位，然后沉迷于抄写乐谱，因为我坚定不移地爱着，所以乐在其中。

要想面目一新，需由内而外的转变，我意识到可能需要进行另外一项更复杂却十分必要的观念变革。我势必要一举而竟全功，于是开始仔细而严格地考量自己的内心，并用尽余生来完善它，这样在我离开这个世界时，我终会变成自己期待的样子。

　　我开始脱胎换骨，全新的道德体系在我面前呈现，可以预见我会被周遭人群起而攻之，我会接二连三受到不同程度的伤害，那又如何？我觉得那些抨击愚蠢至极且荒谬绝伦。只要周围充斥了一点点文学领域里的虚荣浮夸之气，我就觉得窒息。可我又渴望着虚妄的名声背后可以便于我为自己的后半生制造一条有迹可循的轨迹不要像前半生那样飘忽不定……于是，我在它们的迫使下开始全面地回顾自我，我遵循自己内心任何细枝末节的决定，以便更好地完成这次自省。

　　从这一刻开始，我毅然决然毫不留恋地放弃了尘世间的一切，心里愈发开始渴望孤独。这种众叛亲离的状态才能助我更好地完成作品，在这样的状态下我才能好好地静默沉思，这是喧闹浮华的尘世不可能给予我的。这样全新的生活方式渐渐替代了我原来的行动轨迹，并且我逐渐觉得这样的生活方式更适合我，虽然总是会被一些不定的外来因素干扰而暂时中断，但只要有机会，我还是选择这样安宁舒适的方式，一心一意地置身其间。随着时间的推移，当人们再无法容纳我，我不得不一个人生活时，我发现即使茕茕孑立，生活中也处处充满光辉，这是单凭一人之力无法得到的好处。

我将满身热情赋予手头的工作，专注研究事物的重要性质，并保证自己随时可以做出必要的判断。那时，我整日与一群称为现代哲学家的人士搅和在一起，虽然他们与古代哲学家截然相反。他们没有为我解开疑惑，更没有改正我优柔寡断的毛病，反而让我在原本十分确定事情上变得犹豫不决：如果你与他们的意见相左，他们定会对你大发雷霆，因为他们是专制的教条主义者，是对无神论疯狂推崇的传教士。在他们面前我的任何辩词都是那么苍白无力，这不仅是因为我讨厌争辩，更是因为我言辩群雄的匮乏。我从来没有接受过他们那些虚假浮夸的学说，我从内心里抵触他们，于是他们连表面的大度都不再坚持，他们是那么的自私、偏激，没有涵养，他们用尽全力地憎恨着我。

他们并没有让我屈服，却打破了我向往的安宁。他们的引经据典更不能让我崇敬，但还是让我的信念动摇了。我深知自己应该有所反击，可却毫无头绪。我发觉自己的问题不是屡次犯错，而是过于愚蠢——我内心总是想要把他们回击得片甲不留，可理性总是那么怯懦。

我最终还是鼓起勇气激励自己：不能永远让自己在这颠倒是非黑白的狡辩中不知所云，因为我甚至无法确定他们乐此不疲的高谈阔论和充满激情去贩卖的观点是不是他们的思想成果。他们群情激昂来指挥理论依据，用利益来麻痹众人思维，可又有几个尘世之人会擦亮眼睛去识破他们呢。企图在这些党派领导人身上找到真挚的信仰简直是白日做梦。他们的理论都是为他人服务的；于我而言，我坚持自己的信仰就够了。所以，趁现在为时未晚，让我抛开一切杂念去寻找我坚持的信仰吧，让我找到一条可以让我一生有所依靠的行为准则吧。随着我的成熟，理解力达到了巅峰值，可盛极必衰的道理实在太过浅显。如果一直耗下去，一直无所作为地等待老年时大彻大悟，我还如何发挥自己的余热呢？那时，我所有的灵气都会枯竭，现如今可以尽善尽美的事可能真的就心有余而力不足了。所以，我必须把握良机，让我从内到外来一次彻底的变革。让我一次完整地表达出自己的意见和行为准则，并祈祷我剩下的日子都能保持在深思熟虑之后有条不紊的模样。

我倾注全部心血有条不紊地逐步进行这项计划。我有一种强烈的预感，自己的余生和结局成败与这个计划息息相关。可前进的方向却那么模糊，我迷失在疑惑、难题、异议、弯弯绕绕和漆黑的迷宫之中，在萌生了数十次放弃的想法后，我终于将这种毫无方向目的的追寻丢弃，冥思苦想之中，我几乎认为自己花了九牛二虎之力才理清的自我原则毫无用处，差一点就认同了公众遵

循的法则。由于自己从未面临过审视自身的境况，这样
陌生的情景出现得是如此不合时宜，是这样让我手足无
措。所以更别想用它来指导人生了——那就像在遭受飓
风袭击的海上想通过寻找信号灯来找到回家的方向，没
有任何掌控船和指导方向的工具，看不清前方四周，只
有海浪嘶吼，唯一的光亮也看不清指向何方。

　　可喜的是，我坚持下来了：这是我第一次有了敢于
直视前方的勇气，正因为这股勇往直前的勇气，我才没
有向从那时起就已经开始将我重重包围但我却毫无察觉
的可怕宿命屈服。我早年时期探寻这个计划的热情和真
诚，没有人可以与我相比，但慢慢成熟后，我决定只对
重要的人和事付出情感。即使所得并非如我预期，只要
不让我沦为罪人就好，因为我的一切言行都是为了不背
负罪责。当然，我坦然承认，童年时期受到的偏见和我
见不得光的心思总是更偏向于让我自己愉快的一边。人
在面临自己极度渴望的事物时是很难自控的；也不会表

明对未来生活的承认和否认可以判定大多数人对期望或恐惧的理解。我的判断会被很多事物影响，这是我不能否认的，因为我不愿让任何事欺骗了自己。如果现在的所作所为都只能为今生今世服务，那么看透这一点就对我来说至关重要。我才能在这样的助力下在有限的时间发挥自己的最大价值，不至于真的成为一个从头到尾冒着傻气的傻瓜。我所处的环境中，最让我心惊胆战的是理所当然地享受尘世间的各种快乐却无视灵魂既定的命运——在我的眼里，世俗的快乐都是毫无价值可言的。

与此同时，我还要承认的是，那些哲学家总是如苍蝇般在我耳边一刻也不消停，对此我也束手无策。可我还是决定将精力放在甚少有人设计的课题上，那并不是一条康庄大道，反而遍布难以捉摸的奥秘和绞尽脑汁也难以理解的领域，每一个观点我都遵从自己内心的想法，确定最有说服力的观点，不会在凭一己之力在无法解决的难题上耗费任何精力——尽管相同体系总会有针尖对麦芒的事件发生。在这类课题上用满嘴的教条主义来决断是江湖骗子的专有手段；真正重要的是经过理性判断后得出结论且坚持己见。即使我们可能会因此犯错，但我们问心无愧地承担这份后果又何妨？这就是我拼尽全力为自己创造的安全感应有的最基本的原则。

经过艰辛漫长而又痛苦的钻研，我将自己的研究成果都记录在了《信仰自由：一个萨瓦省牧师的自述》里，不出所料，这本书在我的同时代人中引起了更加疯狂的糟蹋和不堪入目的凌辱。但我依然期待未来某一天它可以真正站在太阳底下被人们另眼相待——如果人们可以恢复理智和正确的信仰。

我终于由冥思苦想获得的道理中归于平静。从那一刻开始，我将这些道理列为指导我做人做事不可或缺的准则，并告诫自己再也无须为那些不能解决的、未知的和总是在我心里缠绕的斥责烦忧。短期内那些驳斥或多或少都会扰乱我的心绪，但再也无法让我的信念动摇。我总是自我安慰：那些都是一些上不得台面的装腔作势和刚愎自用的诡辩罢了，相比于我可以接纳的，让我的心灵心悦诚服的和在磨难中都能让内心赞许的基本原则，其他都如过往云烟。在面对人类智慧无法理解的深奥课题，对于这种稳固牢靠，与我的心灵完全契合甚至和整个生命都相得益彰，让我在任何领域都无法不与之产生共鸣的学说，怎么能仅仅因为一点不能得到证实就全盘否定呢？我在不灭的天性，世界的组成以及支持世界运转的外在因素之间找到了紧密的联系，这是任何浮华不实的言论都无法诋毁的，我从中找到了与之契合的道德秩序，这种道德秩序是我的研究成果，更是我在承受各种苦楚时的精神支柱。如果让我置身于其他任何体系，我都将手足无措地生活，也将万念俱灰地死去，我会变成万物中最不幸的那一位。所以，我要牢牢守住这唯一能让我尝到幸福滋味的体系，不管他人终将如何，也不管世间谁主沉浮。

　　这种思维方式以及我钻研出来的独到见解难道不是上天给我的启发吗？造物主为了让我在不幸遭遇来临前不至于束手无策，给了我充足的时间准备，然后泰然处之便可。如果我一直都找不到免受迫害的避难所，如果我一直都逃离不了因人们迫害而遭遇的种种不幸，如果讨回公道对我来说是白日做梦，就这样活生生地面对任何凡人都不曾见过的残忍的自生自灭，那么在惶恐不安中，在独自面对恐怖困境中，我会变成什么模样？就在我还天真烂漫，心平气和时，还妄想着别人会敬重且充满善意地待我；我怀揣一颗活泼而信任的心，向朋友和亲人倾诉衷肠，可那些背信弃义之人的圈套将我困在他们蓄谋已久的陷阱里。灾难给了我当头一棒，骄傲自尊承受不住压力终于崩溃。我就这样被推入了沼泽，突如其来的痛苦让我茫然失措，我为何会变成这样，究竟是谁要置我于这般境地，我在耻辱的深渊里苦苦挣扎，陪伴我的只有可怕的暗影，眼前的事物那么狰狞那么阴冷。这些意外再一次来临时，我终于溃不成军。如果我没有事先做好心理准备，没有给予自己站起来的力量，或许我会在这接二连三的打击中一蹶不振。

在多年焦躁不安的捶打下，我终于学会了振作，开始注重自己的内心。直到那时，我才觉悟为了和命运抗争，我竟付出了这么多无谓的精力和代价。以后的我需要将精力放在值得我用心的事情上，比较了过去的行为准则和我的自身处境之后，我才发现评判他人的荒诞离奇和一些无足挂齿的小事竟也耗费了我许多时间。人的一生充满各种艰难险阻，这些上天安排的灾难是什么内容根本不重要，只要结果如我们所料，又有什么好计较呢？既然苦难来临，越是艰辛，越是困难，越是层出不穷，就越是要懂得如何接受它。如果人们可以清醒地意识到先苦后甜的滋味和喜悦，即便经历时痛不欲生，也不会对自身留下任何阴影。毫无保留地坚信苦尽甘来，这是我在安静地思考中得到的最重大的结论。

　　确实如此，不计其数的伤害和没有底线的凌辱无孔
不入，让我不堪负荷，满心都是焦躁和恐慌，我甚至怀
疑希望是否依然存在，我的宁静生活被彻底打破。那些
曾经无法解决的孔武有力的异见再次浮现在我的脑海里，
比过去更来势汹汹，誓要将已经在命运的压迫下不堪重
负的我贬入尘埃，那时我便会在失落中心如死灰。新的
观念时常在我脑海肆意作祟，让我在备受旧观点折磨时
有了新的源头。唉，这环境压得我快要喘不过气时，我
情不自禁地想着：假如在经历这场悲惨的人生途中，猛
然发现一直支撑我前行的理智只不过是天马行空般的空
想，我还能用什么来保护自己不被绝望伤害呢？假如命
运毫不怜惜地摧残着自己的杰作，并将在苦难中赐予我
的希冀和自信全数推翻，又将如何呢？制造出专门用来
哄骗我的幻象就是支持我吗？所有人都对我赖以生存的
感情指手画脚，滔滔不绝地表达出他们的谬论和偏见，
他们推崇的真理和事实都与我的观点背道而驰，对于我
全心全意信任的体系他们完全不能理解，虽然我自己在

诚心诚意地接受这种世界观时也差点丢盔弃甲，我也手足无措，但也不可能就这么轻易放弃。我会不会是人群中唯一一个有火眼金睛，独具慧眼之人呢？所有的一切都与自己的身心完全契合，是不是就可以判定事实本身就是如此呢？那些事物的表象在别人看来都无凭无据，如果脱离了内心的引导，连我自己都难以接受，那么我还能接受并信任这些徒有其表的事物吗？接受残害我的人推崇至极的准则，再用子之矛攻子之盾，这难道不比裹足不前和坐以待毙要更痛快吗？我自以为充满智慧，其实愚蠢至极，我只不过是"自命不凡"这个错误的牺牲品里一个微不足道的牺牲者而已。

在那些不计其数的犹豫不决的时刻里，我都已经濒临绝望准备破罐子破摔了。若我真的以这种半死不活的状态过上一个月，我的生活，我的整个人也就到此为止了。然而，这些危急时刻尽管频频来袭，却转瞬即逝。尽管现在的我还没有从这些困境中完全解脱，但感谢它们的鲜少露面和一闪而过，我的安宁生活总算得以保障。它们是无足轻重的情绪，在我心灵造成的波动就像白云透过湖水的波心，没有丝毫影响。我再次回想上文中有所阐明的曾经已经想明白的问题，这个新的做法让我再次有了全新的智慧，更准确地说是对真理的理解有了更加稳妥全面的断定，这让我对追求真理充满了激情。以上所述没有一点与我的情况相符，他们不能说服我在意各种道听途说而忽略我内心的呼喊——大众舆论除了让我痛得撕心裂肺再无任何可用之处，可我赖以生存的情感来自于岁月的积累，来自反复思虑周详后愈发成熟的心智，来自于生命里除了领会真理再无任何娱乐的安详时光。现在的我，我的心灵被悲伤围困得密不透风，灵魂被烦忧打扰得萎靡低落，想象力就像是惊弓之鸟，那些面目可憎的迷烟如影随形，扰得我不胜其烦；如今的我，所有才能都被衰老和悲痛侵蚀，慢慢枯萎。在这样悲惨的境遇里，我怎么可能会毫无缘由地放弃自己好不容易积累起来的全部资源，将我那精神十足、精力饱满并足以慰藉我心灵的精神支柱置之不理，却再次信任日趋衰退还让我变得更糟的理性呢？不，比起原来的我，如今的我更加愚钝，眼界狭窄，不如当时那般虔诚；尽管当时的我还无法了解现如今将我困住的处境，但这些难题依然无法阻挡我前进的脚步。如果一些问题持续出现，那也是难以揣测的玄学诡辩。妄图改变古往今来在所有国度，任何阶层的人们心里根深蒂固的永恒真理是不可实现的。于是，我在默默思考以上问题时终于明白，感官会限制人们所有的理解力，所以人们所接受的范围始终有限。所以，我专注于自己力所能及的事，那些能力范围之外的我无暇顾及。我曾经就是这样做的，我的内心和理智都顺应这个明智的决定。迄今为止，越来越多的理由支持我坚守，我为何不将这个做法一直沿用下去呢？坚持下去怎么可能会有危险发生呢？如果我放弃了，于我而言有好处吗？即便接受了那些迫害我的人推崇的学说，难道我会心悦诚服地接受吗？他们在任何地方口若悬河地谈论所谓的如空中楼阁般的道德理论，怎么会对心灵和道德产生潜移默化的影响呢？而另一种隐蔽却残酷的道德，只有明白其中深意的人才会心服口服地奉之为内心教义。他们将表面的道德教义作为残酷道德形式的面具，将这一行径奉为他们的行为准则，并顺手用在了我的身上。这种攻击性的道德主义是侵略性的，对防守没有任何意义。而我已经被迫地深陷其中，这还有什么存在的意义呢？我在逆境中行走的支柱唯剩纯洁，如果我连这么伟大的武器都不要，却弃明投暗，那我不是将自己陷入了更悲惨的境地吗？如果要我来学习如何毁灭，我肯定用最短的时间就能青出于蓝，如果我成功地将他人毁灭了，别人痛苦时难道我就能从自己的痛苦深渊中得到解脱吗？这样的我肯定连自己都会唾弃，我并不会从中受益。

就这样自我争辩之后，我还是坚守了自己的立场。那些以假乱真的巧舌如簧，难以解决的异见，甚至是超出所有有人思维范围的难题都难以让我动摇，我为自己的精神世界建立起了一座刀枪不入的城池，安抚我的思想，受到良知的保护；外界或新或旧的教义学说都对我的精神世界没有任何影响，想要打搅我安宁的生活即便只是瞬间都是痴心妄想。我的精神状态陷入了懈怠和愚钝，我甚至忘记了要建立基础的理性思考能力和专属的信仰及准则，但我不会忘记自己好不容易从理性思考中得出并获得了良心和理性一致赞成的观点，我会持之以恒地坚持下去。我要让所有的哲学家都听到我反对的呐喊声：他们这种行为就是在浪费宝贵的光阴和无价的精力。尽管我所剩的时间不多了，但对待任何事物我还是会坚持最初我还有能力选择时所做的决定。

我喜欢这种让自己变得平静的安排，也正好从其中收获了我迫切需要的希望和安慰，简直过于称心如意。时刻要面对一种全面的、漫长的、悲痛的寂寞，附加如今完整的一代人始终如一真切而浓烈的憎恨，以及他们无休无止在我头上作威作福——如果我说这所有的一切

都没能让我心如死灰，那根本就是骗人的；岌岌可危的
期待和令人丧气的猜疑还是会偶尔死灰复燃，扰乱我的
灵魂，令我满心愁绪。我没有办法身在那样的时候还能
顾及自身心灵并得到安全感，我不得不开始回想过去疗
伤的方法并再次使用它们，期待我诚心寻找的关心、照
顾和诚挚的情感会重回脑海，让我重新获得精神支柱。
因此，我守着旧思维度日，仿佛新的方法是会致命的错
误，这些所谓的新想法都是披着金镶玉的躯壳，它们除
了让我的生活变得沉重外毫无用处。

　　我所处的旧知识空间是狭小的，我并没有梭伦那么
幸运，能够在逐渐老去的每一天都还有新的内容可以学
习。我甚至为了防止自己骄傲，不得不再次温习已烂熟
于心的东西。尽管这些学以致用的知识体系我已经没有
什么可以再学的了，但在精神状态和思想品德方面我还
有所欠缺。我现在正是需要用这点知识来丰富和装点我
灵魂的时候，但我的灵魂终于从禁锢着它的肉体中解脱

之时一定会带走这些知识，那时我的灵魂会看到真理最真实的面目，它会看到人类骄傲的知识是多么不足挂齿，那些空有其表的学者是多么的胸无点墨。它定会为追求知识而浪费的大把光阴哀叹。耐心、温和、遵从，自尊和一碗水端平的公正，都是可以随身携带、可以日渐积累起来且无须担心死亡会让我们失去的私有财产。这就是我要用余生来学习的唯一课题。如果我足够幸运，能够学有所成，我一定要选择比来到这个世界时更高尚的方式来离开这个世界。更高尚为什么不是更美妙？因为更美妙的方式，那是不可能实现的。

四

谎言和真相

　　至今我仍然会读少数的经典读物，我最偏爱的也是
让我收获最多的作者是普鲁塔克。我最初的读物和最终
的读物都会是他的作品。普鲁塔克基本上是唯一一个让
我每一次阅读都有新的收获的作者。前天，我刚在他的
伦理学著作中读到了一篇名为《如何汲取敌人的长处》
的专题论文。与此同时，我在作者赠送的书籍中偶然发
现了一本罗西耶神甫的日志，标题下面有一句用拉丁文

批注的题词：

Vitam vero impendent. ①

Rosier

　　这又是我熟悉的良莠不齐，吹毛求疵的套路。我才明白在彬彬有礼的态度背后，他对我的态度并不是我面前时的那个样子。这是出于何种原因呢？我做了什么以至于他要如此嘲讽我？为了将从普鲁塔克那里学来的教训充分学习利用起来，我决定在下一次漫步时深刻地检讨一下自己曾经对谎言的看法：听从德尔菲神庙中"认识你自己"这句神谕，并不像自己在《忏悔录》中表述的那般轻而易举。

　　我在第二天散步时开始对这个问题冥思苦想。第一

―――――――――

① 这是拉丁文，意思是致献身真理之人——罗西耶。

个想到的就是在很久之前说过的一个拙劣的谎话，因为这个谎言的存在让我的一生都活得充满罪恶感，时至今日依旧会让我这颗在尘世浸染已久的心灵无法释怀。说出这个谎言时就已经犯下了大错，如果随后还有蝴蝶效应产生，那事情就会变得更加严重。即便如此，歉疚还是每天愈加残酷地折磨着我。但说起撒谎的原因，不过是因为羞于启齿，天知道我根本不想伤害任何人：我没有控制住我的羞涩而让谎话脱口而出，如果那时有任何办法可以帮我不再羞怯，即使将我身体掏空我也没有任何怨言。对于这种冲动我无法言明，但在聊起这件事时，当初的感觉又紧紧地包围着我：在那一刻，因为腼腆听不到任何内心的诉求。

这次事件只给我留下了悲惨的记忆，还种下了根深蒂固的悔恨，我为了不再让自己的心灵再次被谎言伤害，余生的每一步都走得小心翼翼。我当之无愧地接受了别人给我的题铭。即便是在根据罗西耶神甫的题词开始更严苛的自我反省时，我都坚定地认为那句话就是为我而存在的。

在我更严谨地审视自我时，我惊讶地发觉有那么多仅仅凭着我主观判断的事情，竟然被我当作大实话说了出去；当时我还因为自己的这份对真相的热情而洋洋自得，自豪地宣称为了找出真相我可以将自己的安全、利益和人品尽数奉献，在这个世界上恐怕再也找不到像我一样公正无私的人了。

最让我吃惊的是，回想起我所编造的任何谎言，我的内心竟是如此坦荡。我是那么讨厌矫揉造作之徒，憎恶到无可比拟，即便有人在我身上加以百般酷刑都不愿说谎以躲避过错的我，到底是在怎样一个难以置信的言不由衷的环境里，才会那样流畅地说出不必要也没有好处的谎话，到底是什么样的无法言喻的矛盾竟然让我——因为一次谎言而内疚了 50 年的我——没有丝毫的悔改之意呢？对自己的过失我都是铭记于心；我的行为始终都遵循道德本能的指导，最初的贞洁都由良知牢牢地守护着，尽管偶尔也会有私心作祟。软弱可以作为被冲动驱使的借口——毕竟良知在这样的情形下依旧坚守着底线，可为何总是在一些无关痛痒并且没有借口的小事上失去了坚守之心呢？我发现这一点存在的问题关乎着我能否正确认识自己的价值。在我绞尽脑汁做了充分考量后，终于给了自己一个满意的答复。

我曾经在一本哲学书上读过：说谎，就是隐瞒一桩原本理应说明的真相。如此说来，对于一件不应说出的真相保持沉默并不算说谎；那么同一时间段，不说出事实，反而说出跟事实相差甚远的另一面算不算说谎呢？若根据上文判断，此人定是在说谎。这就像将假钱送给一个毫不相干的人，这对拿到钱的人构成了欺骗，但并不能判定送钱的人为盗窃。

　　如此一来，就出现了两个新的有待研究的重要问题。第一个问题：如果说出真相并不是我们应尽的义务，那么我们该如何选择说出真相的时间？第二个问题：善意的谎言是否有存在的必要？我清楚地知道第二个问题的答案；书本里的答案是否定的，因为书中的道德即使不容侵犯对于作者也无关紧要；社会中的答案是肯定的，因为纸上谈兵在实践中就是长篇大论的笑话。我们用适合自己的方式解决问题，让权威自相矛盾去吧！

　　万贯财产最无价的是通用又抽象的真理，没有它，人们就有眼无珠，它是理性的点睛之笔。人们只有在这样的真理中才能学会为人处世，才能变成自己想要的样子，才会去做自己分内之事，才能实现自己的目标。特殊又具体的真相是财富也是罪恶，但其实更多的时间里它是一件无足挂齿的小事。对于人类来说，如果只是想获得幸福而去了解一些意义重大的事并不常见，但不论多少，这都是私有财产，他有权力宣扬自己的所有物，这份财富旁人无法夺走，但拿走它也算不上罪大恶极，因为它也是来自于所有人共同享有的一部分，共享和交流并不会让财产所有者有任何损失。

那些在面对知识的传播和实践的指导上都没有发挥任何作用的真相怎么能理所当然地称作财富呢？它们距离财富还差得远哪。既然所有权建立的基础是看它的实用性，那些毫无用途的东西也就不存在所谓的所有权了。人们可以要求获得土地，即便土地寸草不生但至少有所依，任谁也不会对一个无关紧要可有可无，且真假难辨毫无用处的事实产生兴趣。在道德和物质层面，所有东西都有它的价值。一无是处的东西不会有任何义务。一件事物得有用或有潜力可用，才能够产生与其对应的义务。这样说来，那些涉及正义的真相就理应被公开；如果都将"真相"公布在那些无人在意，即便知道了也无关痛痒的事物上，就是对这个词神圣意义的亵渎。那些毫无用处的真相完全没有公开的必要，人们在这些真相前保持沉默也就情有可原了。

但值得玩味的是，这般平淡无奇的真相是不是真的在任何境地都毫无用处？这又是一个值得探讨的问题，以后我会详细叙述。接下来，我们继续讨论另外的问题。

"不说真话"和"说假话"是两个完全不同的概念，它们唯一的相同点就是毫无作用。既然真相都无关紧要，反之谬误亦然。相同情况下，说出与真相完全相反的话，也是完全可以理解的：因为真相本身毫无意义，又何必在乎谬误是不是更糟糕呢？凭空判断海底沙子的颜色是白色还是红色与直接坦言相告不知道难道不都是一样毫无意义吗？如若你随口说出的真相会伤害他人，这才是不公平，所以，没有伤害别人时就没有所谓的公平与否。

对上述问题如此简明扼要的结论并没有让我得出可以运用到实践中的体会，为了使答案更清晰，我要做一些必要的说明，来应对人在现实中面对的种种可能。如果一定要依靠真相的依据来判断真相的有用性，那我又该如何来判断这种有用性呢？对这个人有利的事肯定会伤害到另一个人，个人利益和公共利益更是不可能相提并论。这样的情况又该如何处理呢？是否只用考虑面前人的利益其他可以毋庸担忧呢？像这种只能一方受益的情况我该保持沉默还是实话实说呢？我们在发表自己的言论时是否应该以公共利益或平均分配的正义作为标杆呢？如果是这样，我又如何能确定自己对任何事物都有全面的了解，进而能公平地运用我已经掌握的学识呢？另外，我们在考量自己对别人应承担的义务时，是否可以胸有成竹地保证我们考虑了应当为自己和真理本身承担的义务呢？如果我说过的谎话并没有对他人造成任何影响，那么我是否就可以认为这种行为也没有影响自己呢？永远公正就表明永远清白纯洁吗？

独自一人思索总是会让思绪凌乱，但那又怎样，寻找正义的真相本就是凶险的，我们还是诚实地面对各种无法预知的危险吧！如果人们的言行与责任之内的事或坚信的规律背道而驰，谎言很难有公平可言，谬论永远也是欺诈行为：而人们坦诚相告，无论真相公之于世后会有何后果，说实话的人都是无可非议的，因为他们没有任何私心杂念。

但这种观念只是将问题片面化，并没有完全解决问题。因为一切的根源在于我们是否应该从内心坦诚如一，而不是只明白说真话的好处。而我思索过的定义给了我否定的答案。我们首先要弄清楚该说真话的场合以及不说谎话的前提下蒙混过关的场合——而这些场合在现实中十分常见。因而，找出合适的场合才是解决问题的根本。

可要去哪里找出这个根本呢？又能如何证明这个根本万无一失呢？我早已找到了一个切实可行的办法以解

决所有类似的道德问题，听从内心的声音而不要被理性的规矩束缚。内心的反省总是对我以诚相告：迄今为止，它是我内心仍然值得信任和委以重任的一片净土，尽管有时它还是无法引导或压制自己冲动的情绪，但当我回忆起当时的情景，道德本能依然掌控着我。于是，我就像在末日审判般通过各种回忆对自己进行了严苛的审讯。

　　如果根据言论结果来批判言论本质，得到的答案往往是不真实的。因为这些效果总是深藏不露，很难轻易察觉，还会因场地的不同而产生无穷无尽的难以预料的变化。我们只能凭借说话人的意图来评价别人的言论是善意还是恶意。如果是蓄意已久的欺骗才是真正意义上的说谎，欺骗的目的并不是为了伤害别人，有时反而是为了保护对方。但是，说了谎话后又要为其开脱，除了要证明没有故意伤害的企图外，还要证实这个谎言不会给当事者甚至旁观者带来任何的困扰和损害。这一点很难确定，也鲜少有人可以确定。为了一己之利说谎是欺诈，为行他人之便说谎是舞弊，而故意损害他人之利说谎就是恶意诽谤——这也是所有谎言里最不可恕的一种。不会对自己和他人造成任何损害的谎言谈不上说谎——最多算虚构。

道德故事和寓言故事就是打着道德教育目的的虚构。他们用直截了当的语言和人们津津乐道的话题形式来表达有意义的真理，这样的情况就无须挖空心思地装点和编造谎言，因为编出来的谎言也只是为真相做外衣。讲述寓言故事的人可以说从任何角度看都不能被称作撒谎者。

另外，还有一部分故事和小说，这是供大众消遣时光的毫无意义的虚构，之中没有任何深刻道理，纯属娱乐。这些与道德无关的小说和故事的借鉴评价就只能通过揣摩作者的思想，假如作者确信无疑地将这个故事当作真实发生过的来讲述，那无法否认这就是谎言。可有人去和这些谎言辩驳，又有人站出来严厉指责过这些编撰谎言的人吗？例如《尼德的神殿》可能有某种道德目的，但因为个中情节过于丰富，画面充满情色意味，便腐蚀了这个目的。这本书是如何被作者披上了这样一层装腔作势的外衣呢？他假称这个作品翻译自一部古希腊手稿，还将发现这部手稿的过程讲得细致入微、精彩绝伦，让人们坚定不移地深信它的真实性。如果连这种都不是名副其实的谎言，那我就要好好请教一番，什么才是说谎呢？可匪夷所思的是，作者就背着这个谎言招摇过市，可曾有人挺身而出去讨伐他，并指控他欺世盗名和坑蒙拐骗的罪行呢？

或许有人会说，这不过是打趣的行径罢了，尽管作者信誓旦旦却没有抱着让全部人都信任他的希望，虽然事实上确实没什么人相信，公众一开始就认定他就是这部作品的作者，而他声称只是译者的行为纯粹是多此一举。我认为这种没有任何目的的玩笑是一种无知而愚昧的表现；即便这个谎言并没有让任何人信服，但改变不了他说了谎话的事实；有必要的话，我们要区分受过教育、有文化、有判断能力的群众与容易听信他人的普通群众，因人而异。对于后者，他们会毫不犹豫地相信一位严肃的作者真诚描述的与手稿相关的故事，如果现代作品对他们笑靥如花他们可能会犹豫，但披着古典外衣的笑容会让他们深信不疑。

　　区别是否在书中有所体现不重要，诚实的人心里自有一杆秤，他们始终都不会让自己的心备受煎熬。对于他们来说，不论是为了一己之私而说的谎话还是为损害他人利益而撒谎都是欺诈，尽管前者罪行较轻。扰乱了社会秩序和公正就会让人获得原本不能得到的好处。而将一件可能带来或赞美或责怪或控诉或逃避的行为强加于自己或别人头上，这就是不公平的。一切破坏公平或与真相背道而驰的事物，不管它存在的方式是什么，都逃脱不了它是谎言的事实。一切不符合真相的但不会因此影响公正判断的事物都属于虚构。如果有人认为单纯的虚构也是不可原谅的谎言，我佩服这样的人，因为他有比我更崇高和正义的良知。

被人们称作"善意的谎言"的同样也是谎言，无论如何，因顾及自己的利益或想着他人的利益去损害别人应得的一切，都是不公平的。对人进行不符实际的赞扬或责怪都是在撒谎。只要不是因为想象而对捏造的事实所蕴含的客观道理添加自以为是的评价，随便说什么都不是撒谎；错误的评判在事实面前不敢造次，但在伦理道德上却依然是谎言制造者，可道德真理比起事实和真相不是更应该得到尊重吗？

我见识过那些被人们称为诚实的人，可那些人的诚实却早在荒废度日的闲暇中灰飞烟灭：必须严谨地说出事件三要素，眼里容不得任何沙子，不能对细枝末节有任何浮华的装点，更不能有一点添油加醋的嫌疑。只要不威胁他们的切身利益，他们的陈述绝对忠诚可信，可一旦与他们自身有多少触及或者谈论到他们息息相关的事时，他们会竭尽所能掩饰，然后将有利于自己的那面光明正大地呈现在人们面前；如果谎言会帮助他们但他们自己又不能亲口承认，他们也会千方百计地暗度陈仓，泰然自若地让所有人听之信之，同时又不会让别人起疑心。这就是他们狡猾的地方，此时诚实早就不知被他们抛于何方了。

而我认为诚实的人与他们大相径庭。上一类只注重徒有其表的诚实之人，与我承认的诚实之人截然相反。如果编造的事情不会对任何人造成损失或影响，他们完全不在意将编造的事情拿来开玩笑。但是任何背离公平和真理给人带来所得所失，使人得到尊敬或受到轻视、得到赞扬或指责，诚实之人永远不会为之波动分毫，这样的言论他们是不屑于发表或书写的。即便一切与他们的切身利益相冲突，他们也会永远保持这份诚信，坚如磐石。在无关紧要的谈话中根本听不到他们对诚实的夸夸其谈；他们真实所以他们不会去欺骗任何人，对于指责和夸奖的真相他们都一视同仁坦坦荡荡，他们是绝对不会为了一己之利或者打击别人获利而去欺骗的。他们与前一种人最大的区别就是：社会上的诚实之人一朝遇上需要付出代价的事就没有诚实可言；而我所说的诚实之人在需要他们为真理做出牺牲时则会义无反顾。

人们或许会疑惑，既然我力推的诚实之人都对真理怀有无限热爱，为什么有时候还是会对真理的存在置若罔闻呢？这份热爱是否因掺了杂质已经变了味呢？不，这份热爱或许有时看起来难以置信，那正是这份纯真而真诚的爱，因热爱公正才散发出来的现象，这怎么会显得虚伪呢？他们认为正义和真理是两个可以友好相处的友人。他们崇敬的真理绝不仅仅限制在无关紧要的事实和名词，而是要将每个人应得的荣誉或谴责，赞美或刁难真正地物归原主，他们公正的内心决不允许虚伪，更不允许与人作对，也不愿因有失公正而伤害到别人；他们的良心阻止他们的虚伪，更不会让他们将不属于自己的东西强行霸占。他们将自己的尊严视为珍宝，不愿拱手相送的无价之物；如果因为侵占别人的财物而失去或者玷污了自己的尊严，他们会觉得丧失了最宝贵的财物。因而有时他们会在一些微不足道的事情上信誓旦旦地告知所有人假的真相，且毫无察觉自己在撒谎，但他们永远不会因为他人或自己的得失撒谎。在所有与历史真相、言谈举止、公平和社交关系有关的知识上，他们会竭尽所能地保护自己和他人免遭流言蜚语的困扰。如果《尼德的神殿》是一部有意义的作品，那么与古希腊手稿有关的故事就是不足挂齿的虚构；如果作品本身有害，那么这个弥天大谎就理应受到严惩。

这便是我的良心在谎言和真相上遵守的规则。我的心灵会下意识地实行这些规则，不管理性后知后觉的命令，道德本能才是唯一让我行动的准则。当年那件让玛丽雍①成为受害者的谎言让我罪孽深重，玛丽雍的谎言也好，有损他人利益和名声的谎言也罢，无论它们以何种方式出现，都让我这一辈子一旦听到"谎言"二字就避如洪水猛兽。我不愿意在我排斥的事情里计较得失，所以我将它们推而广之，也不愿意在"有害的谎言"和"善意的谎言"间划清界限。这两种谎言都是让人深恶痛绝的，我是不会允许自己犯这两种不可饶恕的错误的。在这方面就像在其他方面一样，我的行为准则被我的脾性所控制，再确切一点，是完全影响了我的习惯。规则在我的眼里是不存在的，我的行事准则除了会尊重天性，其他的都是虚幻的。我从不会在我的脑海里将我即将要说的谎话排练一次，我也从来没有为自己的利益撒过谎；但在与人交谈中，有时为了让自己摆脱尴尬的境地，为了我那可笑的羞耻心，我总是会在关乎自身或细枝末节的事上撒谎，这种时候我思绪变得迟钝，谈吐不再妙趣

---

① Marion，她是一名女仆，在《忏悔录》中被卢梭诬陷为窃贼。

横生，为了让自己有话可说而不得不借助虚构的手法。可真的该好好说话时我又不知该如何风趣地表达，只好说些奇闻逸事以作谈资，避免冷场。在编造这些奇闻趣事时，我也尽量不要让它听起来像是凭空捏造的。也就是说，不要因此而破坏了公平或既定的真理，尽量在不影响到所有人或自己的地方谈论。我内心是希望可以借故事的道德真理来弥补事实和真相的空缺，希望人类与生俱来的美好情感都可以由此表达出来，让听众从中受益，总的来说，就是让它成为德育故事。但这样做需要我最缺乏的精神力量。要在口若悬河的废话连篇里呈现故事的意义也需要精湛的技巧。我的思维跟不上这种讲故事的步调，使得我总是不假思索就脱口而出，因此我总是说出一些内心难以容忍，心灵鄙视的愚蠢至极的语言——这些话语未经判断就已经被人们听取，我就再也来不及对它们进行修饰了。

同样的，还是在这种最初的、难以抗拒的脾性的鬼使神差中，在难以预料的紧急时刻，羞涩和内敛总是让我不经思考地说出与自己真实意愿相悖的谎言，从某种程度而言，为了可以当场做出回应，我不得不违心地说出这些谎话。玛丽雍事件，对那位姑娘的内疚之心让我一直背负着深深的罪恶。我对那位可怜的姑娘存有的深刻印象让我再也不会说出可能会伤害他人的谎言，但不排除我还是会违背良心和原则而说出一些为了化解尴尬只牵涉到自己的谎言。

我向天起誓，如果在化解了尴尬后可以立即将真相告知，也不会因自己的反复无常给自己带来新的羞耻感，那我一定会诚心诚意收回说过的谎言，可一想到自己承认的羞耻，就让我望而却步：我对自己犯的错深感内疚，却不能鼓起勇气去弥补过失。接下来表述的这个例子可以更好地证明，利益和自尊心不足以成为撒谎的理由，嫉妒或恶意的捏造更让我不耻，但尴尬和羞涩却会让我的谎言脱口而出，即便很容易被人发现我在撒谎，尽管这样做毫无意义。

　　不久之前，福尔基耶先生不顾我的推辞，盛情邀请我和妻子参加在餐馆老板瓦卡森夫人家举行的野餐，此行还有福尔基耶的朋友贝努瓦，瓦卡森夫人和她的两个女儿与我们共进午餐。席间，瓦卡森夫人的大女儿，一位身材在年龄的照拂下已经发福的已婚妇女，竟然目不转睛地盯着我，没有丝毫顾虑地询问我是否育有子女。我的脸霎时红到耳根，随后回答说自己未曾有这样的幸运。她居心叵测地微笑着，不怀好意地看了看我身边的人——那眼神并不是意味不明，我明了其中深意。

　　首先，这并不是我最满意的答案，虽然我希望别人都相信我所说的答案。当时对方向我提出这个问题时，我就非常确定对方的观点不会因为我的否认就改变，他们一直期待着我的否认，甚至那样问我的目的就是为了看我在谎话里陷入窘迫的境地，我灵敏的感官早就有所察觉了。年轻女子向垂垂老矣之人问这种问题本就是不够严谨的。想明白之后，我其实不用说谎，更不用因为承认了事实而害羞，反而可以对开玩笑的人置之不理，好好给她一顿教训，让她知道在这种场面问这种问题有多么不合时宜。但我却没有那样做，该说的话一句都没说，说出口的都是毫无意义的。可以确定的是，我的回答并不是成熟的判断或主要意愿的体现，只是在尴尬局促中毫无意识下的产物。原来的我从来不知尴尬为何物，那时候有错就坦然承认，毫不知羞，因为那时内心深处给予我的坚定，让我十分确定在以后的生活中我有偿还这些错误的能力。可是那些恶毒的言行让我伤心气愤，我与最初的样子渐行渐远，越来越糟的处境让我变得越来越内向羞涩，让我为这些内向羞涩说了不少的谎言。

在写作《忏悔录》时，我对谎言的厌恶已经登峰造极，因为写作的过程中，连空气都想诱惑我说谎，犹如在强对流天气中一切都身不由己，稍有不慎我就可能编造出谎言。但我不想对我承受的一切守口如瓶或瞒天过海，恰恰相反，费解的或许是对一切虚构事物都反感的精神力作用，我笔下的谎言走向了不同的方向：我开始极其严苛地控诉自己的罪过，而不是一再纵容为自己开脱的行为。我的良知告诉我，即便有一天我走上审判台，他们的审判也不会像现在这般严厉。是的，我为自己崇高的灵魂感到骄傲，我自豪地认为，我在这部作品里倾注了无可比拟的信仰、真诚和坦率，我认为没有人可以到达我的境界。我感觉善战胜了恶，我要将一切公之于众，我也确实这样做了。

我从来没有知无不言，有时对于环境和情势总是夸夸其谈，反而对事实说得少了。这种谎言不是意志主导下的产物，更像是因为激动狂放的想象力而引发的。它应该还不够格被称为谎言，因为我的添油加醋没有一页是真正意义上的谎言。写《忏悔录》时我已经垂垂老矣，我将此书作为回忆录来写，我厌倦了生活中蜻蜓点水般却又从内心觉得毫无意义的空洞享受。在回忆的过程中我时常忘记要回忆的内容，又或者只记得其中的一鳞半爪，于是只好凭借想象的细节来填补这些记忆空白，使其变得完整，我可以担保这增加的内容绝对属实。沉浸在对幸福时刻的回忆里我是十分享受的，有时情不自禁地会因为温馨的怀念而对回忆进行美化修饰。对于已经忘记的事物，我写下的是记忆里它们本来是，或许是的那个样子，它们绝对是与我的印象一致的。有时我会为了让真相更具吸引力而加以渲染，但我从来不会用谎言掩饰自己的罪过，或者将一些不存在的德行强加于身。

有时候在没有经过仔细思虑就描绘自己的形象时，我会下意识地隐藏起自己丑陋的一面。即便如此，这样的隐瞒也通过另外的不合情理的掩饰让善良的沉默得到了补偿。我可以理解人们对我的质疑，这是我天性中最不可思议的一点，不论这一点多么难以置信，它确实与我共存了这么多年：我谈论最多的是我卑鄙可耻的一面，但善良可爱的那一面却很少提及。大部分时候，我都不想提到自己良善的一面，因为不想在好的方面言过其实，也是避免将《忏悔录》写成赞歌。我在讲述自己的青年时期时没有大肆宣扬自己的天赋异禀，甚至刻意省略了能够充分证明自己很优秀的事例。写到这里，我脑海中浮现了两件童年时期发生的小事，写作时也曾蹦出来提醒过我，但由于刚刚说的特殊原因，我打消了要将它们记录下来的想法。

那时我几乎每个周末都是和姑父法奇先生一家共同度过的。他住在日内瓦的帕基区，经营着一家印花棉布小工厂。有一天我跑到轧光机房的晾干棚里，好奇地看着那个圆滚滚的铸铁勇士。它浑身金光闪闪，我的全部注意力都被它牢牢地吸引住了。我想象着自己的小手和它触碰的美妙感受，于是就这样做了，我满心欢喜地抚摸着光滑如绸缎的滚筒表面，这时小法奇在轮机前将滚轮转动了八分之一圈，这小小的转动恰好将我最长的手指指尖咬得紧紧的，这一下来得猝不及防，我的指甲也紧紧地粘在了滚筒上。我放声哭喊起来，似乎天都要塌下来似的。小法奇眼疾手快地用最快的速度将滚轮回归原位，可我的指甲已经剥落了，手指变得血肉模糊。小法奇被这样的惨状和我的哭声吓坏了，他跑过来抱着我，用比我还凄惨的声音恳求我哭得小声一点，不然他就完了。我当时疼痛难忍，可看到他楚楚可怜的样子，我还是忍住了哭声。他带着我到蓄水池边帮我洗干净了手指，并用苔藓止了血。他泪眼汪汪地哀求我不要告他的状，我答应了并遵守着这个承诺。后来伤好了，疤痕却一直未消失，可过去的20年依然没有一个人知道为什么我的手指上会有那么难看的两个疤。这个创伤让我在床上静养了三个多星期，两个多月我都没法使用这只手，我一直跟人说这是被掉下来的大石头砸到了才会如此。

这难道不是宽宏大量的谎言吗？

难道还有比这更美妙的真相值得我们温柔以待吗？

就当时的情景而言，这个事故让我苦不堪言。因为当时恰逢市民军事演练时期，我和同龄的孩子也组成了一支小队，我原本可以身着制服和他们一道跟着本区的连队演练。每次一听到连队从我窗前经过的鼓声，我的心就已经飞出了窗外；一想到我的三个小伙伴雄赳赳气昂昂地在连队训练，可我却是这个病怏怏的样子，我就心如刀割。

另一个故事和这个如出一辙，只是年岁增长了一些。

那时，我和一个名叫普兰斯的伙伴在普兰帕莱打槌球。一言不合我们就起了争执，难以一决高下就打了起来。打斗时，他用槌球棒朝着我那颗光秃秃的脑袋结结实实地打了一棍子。这稳准狠的一棒让我深知，如果他再用点力我的脑袋肯定会支离破碎。当我躺在地上，鲜血从我的头发里汩汩流出时，我看到了那个男孩惊慌失措的模样，那是我从未见过的人们见到鲜血流出时的模样。他以为他那一棒子结束了我的生命，他冲到我身边紧紧地抱着我，声嘶力竭地大哭起来，悲恸的样子让我也使出全身力气抱住了他，我也不禁泪流满面失声痛哭，那是一种除了感动以外的复杂情绪。当我们的情绪都稳定下来，他自告奋勇地要给我止血，可我们的手帕都被鲜血浸湿了，血还是没有止住。他把我带回距此不远的母亲家中———一个带花园的房子。善良的夫人看到这样的我差点哭晕了，但她还是强装镇定地给我处理好了伤口，并敷上了在烧酒里浸泡过的百合花瓣——一种我们当地特有的特效药。那次受伤之后，那对母子的眼泪在我的心头落了根，在后来很长的一段时间里，我视夫人为母亲，视那孩子为兄弟，在终于难以相见之后才渐渐忘却了他们。

我一直将这两件意外封存于内心。这样的事在我后来的生命里屡次可见，可我并不打算在《忏悔录》中提起，因为我不想在书中大肆宣扬我良善的一面。当我说出与真相不符的话，都是一些不足挂齿的小事——交谈时的尴尬，写作的乐趣，从来都无关自身利益，无关是否给他人带来利益或损害。阅读《忏悔录》时仍保有公正客观态度的人，如果这样的人真的存在，那么我在书中袒露的内容则更让人有难以忍受的羞耻。我既然从未犯过这种错，又何谈要在书中有所提及呢？

从以上所思考的内容里我得出以下结论：我信仰的诚实最重要的依据是正直公正的思想观念，与事物本身的现实性没有任何关系。我的良知决定我在现实生活中的行为准则，无关真与假的抽象概念；我讲的故事不在少数，但谎话却很少。我坚守这些原则做事，得罪了不少人，但我问心无愧，我从未给自己谋取过任何不属于自身的福利。我固执地以为，只有这样的诚实才无愧于美德的称号。否则，诚实就是一个华而不实的抽象概念，是好是坏无从定义。

虽然我意识到以上种种分辩很难让我的心灵认同且让我信心十足地保证我的所作所为无可非议。我认真地思考了自己应对他人背负的责任，但我考虑过自己该对自己付出的责任吗？只有先公正地对待自己才能公正地对待别人，这是身为正直之人，有自尊之心的人该授予自己的敬意。我觉得言语不够风趣时就选择用无害的虚构加以渲染，这种做法大错特错，我怎么可以为了逗他人开心而贬低自己呢？当我仅仅满足于写作的快乐却被这种感觉牵制时，为本身就真实的故事添油加醋时，这种做法更是错得离谱。事实的真相本身就具有了震撼力，再加以虚构的故事只是画蛇添足，反而成了扭曲事实。

但我做过的最不可饶恕的事情就是将"献身真理"作为我的座右铭。在这句格言的监督之下，我在有关诚实和真相的问题面前必须比任何人都要更加严格地要求自己，我要为之奉献出我的利益和兴趣，我的软弱和羞怯也要倾囊相授。这需要我有多么大的勇气和力量才能在任何场地中保持诚实啊！作为一个一心要为真理而奉献的人，永远不能写下或说出任何捏造的故事。就该如此，既然我选择了这则格言，就该为此骄傲，就该为这些要做出的牺牲做好心理准备；既然选择了这则格言用于警醒自己，就要时时督促自己遵循这个道理。我的谎言都是因为软弱，从来都不是虚伪之下的产物，但这也不能成为我逃避的借口。既然灵魂不够坚强，不能让自己摆脱罪恶，那就不要再对高尚的美德夸夸其谈了，那就是轻率和傲慢了。

这就是我对这个问题思考出来的结论。如果没有罗西耶神甫的启发，我可能永远不会思及于此。毋庸置疑，现在再用这些启发思维为时已晚，但还是可以用它们来纠正我的错误，并将已经偏离轨道的意志拉回现实；从这一刻起，我可以自己做主。因而，如同在其他形形色色中的事件一样，梭伦的准则适用于每一个阶段的人。
活到老学到老，任何时候开始学习都来得及，即便是要
向你的对手学习，也要学习对方的睿智、诚恳和谦虚，
不要自视过高。

五

在岛上

　　我曾在很多风光无限好的岛上居住过。而在所有让我赖以生存的居所中，没有任何地方可以像比尔湖上的圣皮埃尔岛那样让我由内而外感受到幸福的存在，让我从内心深处产生了温馨的依恋之意。即便是在瑞士本地，这座小岛也并不为人们熟知，它在纳沙泰尔地区被称作拉摩特岛。据我了解到的资料显示，从未有一位行者或旅人提到过它。然而这座风景宜人的小岛对于想要过世

外桃源生活的人来说，一切都再合适不过了。虽然这个
世界上命中注定要孤独终老的人唯有我一个，但喜爱孤
独的人应该有很多吧——尽管到现在我还未曾在人类身
上发现这个天性。

比尔湖比日内瓦湖多了一些荒野的苍凉，更具浪漫
色彩，岸边的岩石和树木与水相依，让人心生欢喜。没
有人造的农田、葡萄园、市集和房屋，但天然的青枝绿
叶，广袤的草场和树影婆娑的绿荫，地形起伏犹如柔软
的绸带，平缓而绚丽，这鲜活奇丽的景色让人忍不住想
去亲近它。景致秀丽的湖边因为没有宽敞的行车道，所
以鲜少会有游客扰了它的美梦。但是这里却不能更适合
孤独者的冥想和漫步了，完全可以安心地放缓步调，优
哉游哉地漫游在魅力四射的画卷里，让安宁的大自然带
给你冥思的灵感。偶尔会有雄鹰划破长空、鸟鸣嬉戏和
湍流的小溪踩着琴音而来，便再不会有人扰了这清幽。
这片水域呈圆形，湖中心有两座小岛环绕，其中一座岛

上有生活的气息，环岛一圈约半法里；另一座则要小很多，也要荒凉得多。小岛存在的作用就是提供给人们修补被冲毁被侵蚀后的大岛所需的土地，谁会去管小岛的土地是不是取之不尽？这便是弱者永远为强者所用的道理。

大岛上尽管只有一座宅院，但好在足够宽敞，住在其中，犹如住在蓬莱仙境，满眼皆是赏心悦目的美景，轻易就会让人忘记一切烦忧。这座院子和整座岛都归伯尔尼医院所有。宅子里搭建了许多饲养家禽的棚子，还有一个极大的鸟舍和养鱼池。岛的容量有限，但土地风物和地势地貌却丰富极了，各种类型的作物集合在一起，竟出奇地显现出一派和谐风光。岛上的农田、葡萄园、森林和果园，还有掩映在小树丛里并在小溪流滋养下长出各种灌木的牧场，地势高的正好是整座岛的外缘，沿着这圈边沿密密地种下两排树木，就像给岛屿戴上了一串翡翠项链；台地中央建有一座漂亮的沙龙，等到葡萄丰收时，沿岸居民便会聚集在一起庆贺丰收。

　　小城莫蒂埃的投石事件让我成了被人唾弃的对象，为了避难我来到了这座岛上。这里的生活与我的身心无比契合，我在这里生活得舒心而自在，我都想在这个岛上度过我剩下的时光。有了这个决定的支撑，我不再因任何事情而焦虑，只担心人们不给我机会让我自由地实行这个计划，因为他们早就打算要将我引渡到英国——我预感到这样会对我产生许多不利的影响。这个预感让我彻夜难眠，我紧张不安，并真希望这座小岛是一座永存的监狱，我会十分愿意终身被囚于此，将一切可能使我逃脱的力量和希望全部剥夺，断绝我与陆地间的一切联系。那样我就对世界上任何事物都无从知晓，慢慢就会忘了这个世界——世界也会忘记我的存在吧。

　　人们只允许我在岛上住了两个月。虽然岛上除了税务员夫妇和他们的仆人以外并没有其他人可以跟我做伴，

但我多么希望我可以在那里生活两年，两个世纪，甚至
更久，我绝对不会感到寂寞。坦白地说，我身边都是绝
对的好人，也仅仅只是好人而已——这恰好是我需要的。
这两个月是我这一生中最舒服的时光，余生也不会再有
可以与之相比的时刻，再也不会有一段时光让我如此期
待，哪怕仅仅只有一瞬间。

那么这种幸福到底是什么呢？它到底给我带来了哪
些乐趣呢？至于我在岛上生活得如何，就描述出来让人
们去猜好了。我想尽情品尝无所事事的珍贵时刻里甜美
的味道，这是种种乐趣里最有情怀的，也是最主要的。
我在岛上居住期间经历的一切，都不过是一个闲人为打
发时光的消遣。

我多希望人们不要再向我提出各种要求，就放任我
一个人独居于此吧。这里只有我自己，根本得不到外界
的帮助和关心，完全没有逃脱的可能，在周围人的帮助

下我才可以与外界沟通，互通有无——这份希望让我迫
切地渴望在这世外桃源处安宁地过完余生。在岛上，我
连收拾行李的时间都觉得充裕，以至于后来什么都没收
拾。我来得突然，形单影只，两手空空，我的行李和书
籍是后来才让女管家分批送来的。我过得太快乐，一件
行李都没有拆开，它们来时是整整齐齐的，现在依然是
那个样子，安安静静地待在角落里。我就这样随意地在
预备消磨余生的居所里安顿了下来，仿佛这只是一个临
时驿站，明天可能说走就走了。所有的东西就那样放着，
并未觉得有何不妥，若是去整理一番，那感觉反而破坏
了。而一箱子书安稳地待在那是最让我高兴的，文具箱
更是像扎了根一样。即便是有人来信而我不得不回信时，
我宁愿边抱怨边去找保税员借文具箱，再不觉辛苦地送
还，更是从内心期盼着没有下一次了。我的卧房里用鲜
花和干草代替了原来看着心忧的案牍和藏书；那时，我
正好在德·伊维诺瓦医生的激励下对植物学产生了狂热
的激情，没过多久变成了酷爱。对于我这种不想再在工

作上花费精力的懒人，这算得上是一种可以让我沉迷的兴趣爱好，既让我开心不已，也不用劳心劳力。接下来的日子我打算开展一个名为"岛上花"的项目，尽可能详细地记录下岛上所有的植物品种，且尽量不要遗漏任何植物，这会让我的日子变得非常充实。据说有一位德国人为柠檬皮写了整整一本书，而我要将草地里生长的每一种草本植物，树林里的每一块苔藓和岩石上每一层外衣都记录成书，我不会遗漏哪怕是一棵草、一株植物的详细记录。制定好了这项美好的计划后，我会每天清晨和大家一起吃完早餐，再拿起放大镜，夹着我的《自然系统》去勘察岛上的其中一个分区——为了彻底执行我的计划，我将岛上分为了几个区域，计划着跟随季节的脚步走遍每一个角落。当我观察到植物的结构和组织以及植物结果过程中性器官的作用模式时，我的那份狂喜和陶醉让我感觉奇特非凡，这比任何事都让我兴奋——植物的性器官对于我来说还是一个全新的知识体系。在这之前我完全不知该如何区分植物特性，可在我亲自在同类植物中确认了它们的共同点以后，我确实不能自拔，我原本以为自己要领悟其中的奥秘可能没有那么简单呢。夏枯草两条长长的雄蕊分权，荨麻和墙草的雄蕊的弹性构造，凤仙花种子和黄杨木的蒴果将果子弹射出去，还有很多我亲眼看见的植物开花结果的过程，这一切都让我兴奋不已。我甚至想碰到人就要拉着他问一问有没有看见过夏枯草的花距，就像拉·封丹逢人便问他们有没有读过哈巴谷的故事。两三个小时后，我带着满满的收获欢喜归来，丰富的收获足以让我在下雨天足不出户时让我打发许多无趣的时光。早上剩下的时间，我会和税务员夫妇和特蕾莎一起度过，有时会去和他们的工人闲聊，或去田野里转转，兴起时还会拿起工具与他们一起田间劳作。前来看望我的伯尔尼人总是会发现我肢体灵活地攀爬在树丛间，正往我腰间挂着的布袋里放刚采摘的果子，然后我再攀着绳子重回地面。早上锻炼的好心情可以延续到午餐后，让这段时光的休息都变得格外美好；如果天气晴好，可他们还没吃完午餐，我可不愿再等下去，我会起身告退，孤身一人驾着小船，在波光粼粼的水面上慢慢悠悠地划向湖心。我以最放松的姿态躺在小船里，望着天空，它静静地看着我，我也静静地欣赏着它，任由水波推着我，一连几个小时满脑子都是梦幻绮丽的遐想，没有主题，任思绪纷扰，这比我从他人嘴里听到的最美妙的感觉要自在千万倍，这种任逍遥的遐想可不是谁都可以拥有的。当日暮西沉时，我才猛然发现小船竟将我推到了离岛屿很远的水面，我不得不用尽全身力气才能在天黑前将船划回岛上。有时候，我不撑船去水上泛舟，就会沿着绿意葱茏的岛岸行走，也是别有一番滋味：清澈的水波和凉爽的树荫常常让我有想跳下水游泳的冲动。但我最常走的航线是从大岛泛舟到小岛，安全登陆小岛后，我会在那里安然享受我的午后时光。有时，我会在丛生的欧鼠李草、桃叶蓼和各形各色的灌木间漫步，享受这种与世隔绝的安宁；有时，我就坐在沙土丘的高处，四周是鲜花围绕，长满百里香的草坪，运气好还能见到岩黄芪和苜蓿，这或许是前人留下了种子才让我有了今天的眼福。这是适合兔子居住的风水宝地，它们可以在这里休养生息，安居乐业，不用担心会有天敌的侵犯，也无须担心它们会破坏庄稼。我向税务员说出了我的想法，他竟然真的从纳沙泰尔弄来了几对小兔子。我与税务员夫妇、税务员的妹妹和特蕾莎一起安置了它们，给它们在小岛上安了家。在我离开时，它们已经有了下一代，如果可以熬过寒冷的冬天，它们的队伍一定会壮大起来。这次小小的移民简直可以与一次节日相媲美。阿尔戈斯人的向导也不会有我这样的自豪，我可是带领着大伙儿和小兔子从大岛到小岛的领路人哪！更值得骄傲的是，税务员的妻子因为怕水，一到水边就犯恶心，一直对船有恐惧感，但那一次，她却安心地登上了我的船，在整个航行的过程中没有表现出一丝惧怕。

当湖面波澜起伏不能泛舟时，午后时光我都会在岛上闲逛。这里摘摘花，那里踏踏草；有时走到僻静之处找到一个景色宜人的地方便坐下来，尽情地做着白日梦；有时候寻到高处的台地或沙土丘，就尽情饱览湖光山色和沿岸风景如画、令人沉醉的美景，湖边一侧的近山就像给湖面戴上了一顶皇冠，另一侧则是广阔肥沃的平原，极目远眺，视线尽头微微发蓝的远山一跃而出。

　　夜幕快要来临时，我从高地下来，尽情地漫步在湖边，找到沙滩坐下来，仿佛走进了一处隐蔽的避难所。水波击打湖岸的声音和波纹的起伏竟让我的心宛如入定，它们将我灵魂中一切其他的波动驱逐，让我沉浸在甜美的幻想里，等我回味过来时才惊觉天已经完全黑了。湖水像调皮的孩子，爬上来又跑回去，发出间断的、富有节奏的欢笑声，声声入耳，丝丝入眼，填补了我梦幻般的遐想后落入现实的空白，让我察觉到我还存在于世，不用为思考费神。虽然湖面起起伏伏的景象会让我联想到现实社会，但也就那么一瞬间在我的心头浮现，它们又会很快消失在我轻松愉快的规律运动中。没有灵魂主观动作的插手，我也不想回到现实，我喜欢这如孩提时代睡在摇篮里的单纯，以至于虽然有约定的信号提醒我不得不回去了，我还是要费尽心思才能将自己拉回现实。

晚餐后，如果夜色阑珊，我们会到台地散步，呼吸湖风送来的清新空气，以及风里夹杂的凉爽。我们坐在凉亭里，嬉笑谈心，和着风的节拍唱着古老的歌谣，踏着现代的摇滚舞步，之后酣然入梦——心满意足地结束了一天，并不对即将到来的明天有众多期许，只愿它如今日这般美好。

如果没有那些意外的不合时宜的拜访，以上便是我在岛上全部的生活。那段日子充满了致命的吸引力，它在我的身心上都激起了极其强烈的、又温情脉脉的且无法拥有的遗憾和怀念之情，心心念念了 15 年之久，每一次想起这处心爱的居所，我心里的渴望又会重新燃起。

　　我体会到，在漫长的时光里，最难忘、最感人的时光并不是享受温存和充满快感的时期。不管那些激情四射的短暂时光多么的诱人，它们存活于记忆无非是因为激情有活力，它们注定只能是人生轨道上零星散落的点。它们数量不多，存在的时间短暂，无法成型。我怀念的幸福不是这样绚烂却短暂的时刻，我要的是一种纯朴却永恒的状态。这种状态或许十分平淡不起眼，但它的魅力就是可持续性的，我最终在这里找到了无上的幸福。

　　所有的一切都是会发生变化的。没有什么可以一直维持原始的状态一成不变，随着事物本身的变化，我们对它赋予的情感也会随之改变。外界的事物与我们本身总是不可能保持同等步调的，所以我们总是会回忆起过往，或是幻想那些虚无的未来——这些不真实的存在自然不能让心灵有所托付。同理，人们在这尘世间除了拥有已经逝去的快乐，握在手里的还有什么呢？或许会存在永恒的幸福，只是还未被发现罢了。幸福不过是在我们最快乐的时候产生的一瞬间的错觉，在那一刹那间，我们的心灵会让我们产生这样的想法——这一刻要是能永恒就好了。可是这种在瞬间消失，徒留心灵的惶恐与空洞无法填补，以至于我们总是在怀念或期盼未来，这怎么能称为幸福呢？

唯有一种状态下，灵魂可以踏实地依赖，并完全放松好好休息，并凝聚自己全部的生命力，不用回忆过去，更无须展望未来，这种状态下的灵魂，不会计较时间，这时就是持续的永恒，让人感觉不到时间的流动，也没有任何交替的痕迹。既没有失去的伤感，也没有享受的自在；既没有得到的快感，也没有苦难的伤痛；既没有挣扎的欲望，也没有未知的恐惧。我们只能感受到自己的存在，其他什么都感觉不到，只有这样才觉得灵魂是饱满的。只要这种状态一直保持着，身处其中的人就可以说自己是幸福的。不是那种在生活中找到的患得患失、贫乏可怜的幸福，而是圆满的、充足的、美好的幸福，不会让灵魂有一点点缝隙。我在圣皮埃尔岛上孤独的想象中，这种状态十分常见——躺在小船里随水流漂荡时，坐在波浪起伏的湖边沉思时，或者是在其他偏僻的地方，在美丽的小河边遐想时，在砾石河床汩汩奔腾的小溪做梦时。

在这样的境界里，该是多么美妙的愉悦享受？除了我们自己，其他的所有事物都不存在，完全不会被打扰。持续保持这种状态，人就可以成为自己的神明。不再有世俗情感的挂牵和羁绊，只感受到自己，这是一种让人满足且平和的可贵情绪，它可以将那些让我们分心、搅乱我们原本美好生活的杂念排除在外，让人们收获眼前珍贵而甜美的果实。但大多数人对这种状态完全没有概念，他们依然会为冲动而分心，沉浸于转瞬即逝的激情中，或许会在某个瞬间找到感觉，可也仅仅只是感觉，并不会去真正体验它的魅力。不过，现在的社会环境，人们要是贪恋令人沉迷的温存，不再有前进或奋发的欲望，厌倦自己要背负的各种责任，这并不是什么好事。如果是一个被社会排挤，无论做什么都一无是处的可怜人，他却可以在这样的状态让所有的不圆满得到补充，让自己变得没有那么不幸。这种美满是无关命运的，人群更是无法剥夺。

然而，这种补偿也不是所有灵魂都能得到的，也不是在任何处境里都能接收的。要想得到它就要保持一颗不会轻易被打扰的安详之心，需要时刻做好准备，更需要天时地利。所处环境不能完全静止，也不能动荡不安，要有一种中立温和的节奏，不会晃荡更不会暂停。生命要是没有了情绪波动，那只不过是一场让人窒息的梦魇。如果情绪波动较大失去了平衡，生命便会不得安宁。如果我们总是心有牵挂，遐想的魅力便无从感受，我们终究会忘记初心，陷入命运和他人的泥潭，再次将自己推入痛苦和不幸。同时，始终沉默则会让人绝望，会让我们如临终时一般凄惨。所以，我们需要丰富的想象力，在受到上天恩赐的人身上自会出现这样的想象力。如果别人不能为自己提供有价值的情绪，那么就自己学会给自己吧。虽然太大的情绪起伏会让心灵波动，但是如果美好的念头只是如羽毛般刷过心头，并不会让灵魂激起涟漪，点到为止的体验更让人心痒难耐，也更让人期待。这足以让我们忘记一切痛苦，只记住自我。只要我们静下来，这样的遐想就会无处不在，我们随时可以自由品味。我经常想，即便是身处没有任何东西的巴士底狱，依然阻拦不了我自由的遐想。

当然我必须承认的是，巴士底狱肯定比不上一座偏僻但物产丰富的小岛，还是在这样的小岛上遐想会更自由，更舒心。对我而言，这里得天独厚的美景是让我变得欢乐的原因，只有少数居民构成的小社会关系亲密而融洽，在这里我不会想起任何令我悲伤的回忆。在这个岛上，我终于可以放任自我，即便是将一整天的时间都随心所欲地花在我感兴趣的事物上，哪怕是什么事都不做也可以。不可否认的是，用美好的梦境自我安慰，画饼充饥来弥补现实生活里带来的不快乐，对于造梦者来这实在是一个难得的机会，终于可以随着自己的心意满心欢喜地去了解一切可以触动感官的事物了。从一段长而美的思绪中回过神，我发现自己竟然被葱茏的绿草环绕，周围的鸟语花香让人沉醉，向远处眺望，可以看见如梦似幻的湖岸和清澈见底的湖面，这一切美景竟然就在眼前，它们和我幻想中的场景竟是这般相似。终于，我慢慢地将思绪收回，聚焦到自己和周围的事物上，我发现杜撰和现实的分界点已经模糊不清，所有的一切犹如神助，都在让我珍惜这难得的，可以集中精力冥思的孤独生活。我还能再次拥有这样的生活吗？我可以就选择这座岛终老，永远不要离开，永远不用见到任何一位陆地来的人类，永远不用回忆多年来人们对我的压迫和让我承受的痛苦吗？我要尽快地忘了他们；也许他们不会忘记我，可是他们永远没有办法找到我并打搅我的休养，他们会不会忘记我已经不重要了，我的灵魂艰难地从嘈杂的社会生活中、从世俗的欢愉中解脱，一直想冲破天际，提前与上苍睿智的造物者相遇，希望在不久的将来可以成为他们的一员。我也明白，人们不可能让我轻易得到这样一处美妙的庇护所，他们不会那么轻易放过我。但无论如何他们都阻拦不了我的思绪，它会每天都飞进那座岛屿，在那里静静地度过几个小时，再次品尝其中的愉悦，就像当时我住在岛上那样。随心所欲地遐想是我在岛上做过的最美妙的事情。那么，我幻想自己还在岛上应该会有同样的效果吧！甚至还要更好——在原本虚无抽象的思绪里，我加入了想象中的迷人场景，为它注入生机与活力。在我的心驰神往中，我的感官通常会忽略那些具体的对象，现在，我的遐想越有深度，它们就越鲜活。我经常可以感受到自己沉溺其中，有时比我真正身在其中还要快乐。可是我已垂暮，想象力也不再富有生机，我再也不能毫不费力地想象了，再也不能一整天都沉浸在幻想里了。真是可悲啊，人告别肉体的日子临了临了，反而最为肉体所束缚！

六

善
行

　　如果我们知道该如何追根究底，就会发现我们的各
种行为之所以会发生，都是有依据可循的。昨天，我沿
着新建的大街走到让蒂伊的比弗尔河畔，准备去河边采
集植物，在靠近昂菲尔栅门的地方绕道向右走去。接着
我偏离方向走进了田野，走上了枫丹白露大道，一直走
到小河沿岸的一片高地，这段行程本没有什么值得宣扬
的，但是自己几次都下意识地走到了这条路上，我不得

不开始思考原因，而当我想清楚原因后，不禁笑了起来。

　　昂菲尔栅门外的街道上，每天都有一个在街角卖水果、卖草药茶和小面包的女人。她的身边有一个乖巧但腿有残疾的男孩，孩子总是一瘸一拐地拄着拐杖沿着街边诚恳地请求每一位路人伸出援手。从某种程度上来说，我和这个小家伙是认识的：每当我经过那里，我总会听到小男孩对我的奉承，他也总是能如愿从我手里得到微薄的资助。刚开始时，我很乐意见到他，也很乐意为他伸出援手；这个行为一直持续着，有时甚至会很想听他眉飞色舞地说一些夸奖我的话，这让我听着舒坦，也逐渐变成了我生活中的一个习惯，可最后竟然会变成了一项义务，这让我觉得十分不自在，尤其是在施舍前他一定要让我听完那一套已经打好腹稿，只待脱口而出的套话。他总是喊我卢梭先生，做出一副跟我很熟的样子，可给我的感觉却完全不同——他对于我的了解完全是听别人说的那一套，没有任何他自己的见解。我渐渐不愿经过那条路了，后来终于也养成了无意识的习惯，每当走过那个路口我宁愿绕远一点。

　　这个问题也是在我思考过后才发现的，因为在这之前我的脑海里从来没有主动浮现过以上各种问题。有了这一发现，我的回忆里突然多了很多类似的事，让我更加确定我的大部分行为的最初动机并不像我以为的那般清楚有条理的。我心如明镜并且也有实实在在的体会和经历，行善是人类能感受到的最直接的幸福，不幸的是，这样的幸福已经脱离我的掌控很久了，我的人生已经这般悲惨，如何还能奢望做出一件因好心而结出善果的好事呢？将我的命运掌控在手中的那些人们最渴望看到的，对我来说无非是一些缺乏真实而充满欺骗的表象，将高尚作为动机只是为了诱我上钩，然后将我困在早就布置好的天罗地网里。我看得十分透彻。我也知道自己唯一能做的好事就是说服自己不要轻易放弃行动——我总是担心在没有意识或不能预料的情况下做出让自己悔恨的坏事。

不过还是会有觉得幸福的时刻：当我听从内心，可以让另一颗心感到快乐获得满足感，这种愉悦感让我觉得比一切其他的快乐都更美好。我强烈、真诚、纯洁地怀着行善之心，我的内心深处一直都深藏着这一点。可过去的经历又让我深刻地意识到，我主动的行善背后会带来义务的枷锁，会让我难承其重——行善的快乐会消失，如果继续付出，我也再难找到当时让我倾心关怀他人的满足感了，只会给我留下难以忍受的烦闷。很多人在我那段短暂的繁荣期来求助，我觉得力所能及之事都一一应承。可完全没有想到的是，我原本是真心诚意的善举竟产生了源源不断的义务枷锁。有时我拼尽全力给予的帮助在受惠者的眼里竟然是不够塞牙缝的甜头，后面必须还有更大的好处；那些原本十分不幸的人接受了我的帮助，可之后又厚颜无耻地向我提出更多的要求，我就有些左右为难了。原本是遵从内心的善意，就这样成了帮助更多需要帮助之人该尽的义务，即便新一轮的帮助我已经束手无策，也逃避不了这项义务。原本十分美好的快乐就这样变成了让我不堪忍受的负担。

当我还是一个小众人物，名不见经传时，这些枷锁并不会让我觉得窒息。可后来因为写作引起的关注度——这是我做得最错误的决定，我也为此付出了惨痛代价——从被人们熟知的那一刻起，我已然成了真正的不幸之人或所谓的不幸之人和寻找依傍的"寄生虫"的依赖对象，他们谎称无比信任要委我以重任，其实是想在迷惑我之后彻底利用我，然后从我这里夺走他们需要的一切。我终于后知后觉地意识到，包括善心在内的所有与天性有关的习性和取向，如果没有慎重考虑或仔细斟酌就放任其自由发展，它的本质就会飞速发生转变，之前多么无害现在就变得多么可怕。在这样一次又一次的残酷历险中我改变了初衷，或是将一些想法限制起来了。这些经历给我上了一节深刻的教育课，如果善心只能助长他人歪门邪道的气焰，那么不如一开始就不要抱有行善的想法。

虽然这些经历让我痛苦万分，但我不后悔，我感谢它们让我可以重新思考，我可以重新审视自己在各种场合应采取何种应对方式的动机，我可以不用再自己欺骗自己。如果要身心愉悦地做成一件善事，那么它必须由我的自由意志决定，不能受到任何约束和制约；如果不想让做善事失去它应有的乐趣，那就不能将善举变成一项义务。因为责任的存在，任何美好的事情都会变成沉重的锁链。就像我在《爱弥儿》提到的那样，遵照我的想法，如果我生活在土耳其，在众人高呼男人要履行做丈夫的义务时，我肯定是最畏首畏尾，最差劲的那一个。

这将我一直以来对自身品德的看法彻底颠覆了。遵循自己的习惯做事并在习惯无意识的举动中去享受善举的快乐，这无关道德。但如果迫于义务，为了完成义务的要求而违背自身的天性，这就和道德问题有关系了。
我承认在这一点上世人做得比我好。我生性敏感善良，
心怀怜悯，简直没有任何底线，只要是与慈悲大方有关
的事情都会让我的灵魂颤动。如果一切都可以只停留在
心灵层面上，我一定是人情味十足、喜欢做善事、爱助
人为乐，因为我天性如此，甚至可以说将此视为我的兴
趣爱好，如果我可以变得更强大，那么最优秀最宽容的
人群里肯定会有我；当我自己拥有了复仇的能力，我心
中想要复仇的愿望就不会再那么强烈。即便是大公无私
地处理牵扯到自身利益的事情也不在话下，可是面对我
在乎的人，我没有办法保持公正的态度。义务与内心产
生纠纷时，如果义务仅仅是要求我放弃自己的权利那么
它可以战胜一切。因而大部分时间我都是强大的，但我
永远不会去做违背良心的事情。无论是谁提出这个要求，
不管这件事有多么紧急，只要我的心不发话，我的意志
也不会自告奋勇，决不会轻易屈服。我清楚地看着灾难
在我面前耀武扬威，就让它来伤害我吧，我是不愿意费

尽心思去准备抵抗它的。我也会尝试着去改变自己，但这种违背自身原则的努力让我感觉疲惫，很快便没有了当时的精力，便很难再继续下去了。在所有可以想象到的事物中，如果我不能从中获得愉快，便很快就会中断。

除此以外，要是我的欲望也被限制了自由，很快就不再那么强烈，如果这种束缚十分强烈，原有的欲望就会转变成厌恶。对于做善事我很乐意为之，但如果别人要求我行善举我就痛苦不堪。一件单纯的不计回报的善事我十分乐意去做，可求助者却因此要求我继续帮助，否则就对我恨之入骨，我当初只是遵从自己的内心而做了一件好事，受助者却因此要求必须永远帮助下去，行善的快乐就消失了，只剩下无尽的厌恶。于是我抽身而出，从中再看不到任何善意，尽管我的行为会被看作是软弱和羞耻的表现。可我始终不能以做了这种好事为荣，我反而会因为做了违心的事情责怪自己。

　　我明白在施助者与受助者之间一旦成功建立关系，就会达成某种隐形的条款，这是所有规则里神圣不可侵犯的。双方形成的社会关系，比其他任何一种关系都要密不可分。若这种关系下的受惠者都会心怀感激，那么施惠者也会保持这份善意——只要是在对方没有让双方关系变味的前提下，施惠者依然会在力所能及的情况下重复提供相同的助力。这不是什么明文规定，这是在双方关系下自然形成的产物。首次拒绝对方提出需要帮助的请求，这并不表示被拒绝的人就可以心生不满；同样的情况，拒绝再一次帮助同一个人，就会让对方抱有的希望毁灭——就这样辜负了一份因自己的行为而萌生的期待。我不明白为什么人们总认为再次拒绝比首次拒绝更有失公平，更残忍；可谁知这样的拒绝也是因为心灵热爱独立自主产生的，可以自己做决定是内心最难抵挡的诱惑。我还清了一笔债务是在履行我的义务；我给出一笔资助是为了取悦自己。义务也可以让自己快乐，但是只有拥有良好的品德且将其变成一种习惯才有资格享受这样的快乐——因为天性带来的不由自主是达不到这样崇高的境界的。

　　我终于在经历了众多悲惨遭遇以后学会了提前预计自己的早期行为会产生的后果，便开始放弃一些我想做且可以做到的好事——因为在想清楚自己不计后果地投入其中会给本身带来的沉重负担，我便胆战心惊。对于这种忧惧我并不能时刻感受到，在我年轻时我很注重自己的善意，而且那时受过我帮助的人们都对我是真心的感激，并不会转化成贪得无厌的嘴脸。但自从我变得不幸之后，情况也随之改变。从那时开始，我周边的人都变得陌生，与之前相处的人完全不一样，这些人看到我的眼光和对待我的态度全部发生了变化，我也不得不调整对他们的情感态度。尽管他们年龄有变化，但是还是之前的那一群人，他们相处融洽，彼此同化。由当初真实而坦率的样子变成了这般模样，变得和其他人一样虚与委蛇；这点小事就可以看出，人会随着时代的变化而变化。唉！我看到的他们和当初的他们是那样不同，我再用当初的情感去对待他们岂不是可笑愚蠢至极？我不恨他们，因为我不会；但我不能阻止内心对他们的轻蔑，他们只能与我的轻蔑相配，我也无法克制自己在面对他们时不表露出轻蔑。

　　或许在不知不觉间，我的改变已经超出了应有的限度。有谁能像我一样在这样的年纪这样的处境里独善其身、忠贞不渝呢？生存了 20 年的社会告诉我，天性赐予我的能让我幸福的能力，已经被我悲惨的遭遇和迫使我屈服命运的人们改变了，我的幸福只会对自己和他人造成伤害。每当别人好心待我，我会觉得那是一个为我设下的陷阱，这背后一定有洪水猛兽等着将我吞噬。但我始终相信，不管结果怎样，我的出发点都是充满善意的。是的，善举的功德是不会轻易改变的，但要品味其中的魅力却是不敢想象的了，而这种魅力一旦失去，我的内心就只剩下了漠视和冷淡了。我坚信自己做不好一件有意义的事，只会让别人的希望一次次落空，这样一来，因自尊而生的愤怒，因理性而生的否定纠缠在一起，引发了我的厌恶和抵触。尽管在正常情况下，我是一个那么热爱行善的人啊！

有些挫折会让灵魂在锻造后变得更加强大，还有一些逆境会将灵魂万劫不复——我也身处这个逆境中。在我的处境里，只要有一点点不利的诱因，就会无限发酵膨胀。按理说这会让我变得疯狂，可事实恰好相反，这些将我变得麻木。我做不了自己的助力，也无法帮助别人，我只好放弃，这样无辜的状态全是因为被逼无奈。这种状态依然让我发现了美好的地方，那就是完全依照天性的安排，不要主动给自己找麻烦。或许我有些过于束缚自己——我逃避所有可以行动的机会，甚至对没有任何坏处的机会也避如蛇蝎。因为我知道，人们不会轻易让我看到事物的真相，我不能只依靠这些表象就做出判断。无论他们多么费尽心思想要掩盖真实的目的，一且让我看破其中动机，我就可以一举拆穿他们的骗局。

或许天命在很早的时候就给我布下了陷阱，因为在之后很长的时间我用尽任何办法都没有办法逃离各种陷阱。我自出生以来就很容易相信别人，幸运的是在过去的 40 年间我从未被欺骗。可仿佛就在一夜之间，我竟陷入了人情世故中，踩中了一个又一个圈套却未曾察觉，过去的 20 年里我终于勉强看清了自己的命运。别人一本正经地表达他们滔天的感谢只不过是虚伪的奉承或是做戏，在确定了这一点之后，我又走向了另一个极端。因为我们一旦有了逃离天性的束缚便无拘无束了。我开始表露出对人们的厌恶，这是我唯一和他们相似的地方，因为他们也深深地厌恶着我，这样也好，方便我对他们敬而远之。

他们自认为这种厌恶会变成憎恨，真是白费力气！他们对我进行无休止的纠缠，只是为了让我对他们产生依赖之情，这样的想法让我觉得他们既可怜又可笑。比起他们的不幸，我这点不幸算不上什么。每当我自我反省时，总是对他们有怜悯之心。有这样的想法不乏傲慢因素——我总是认为自己高高在上，他们不配让我心生憎恨。他们最多让我轻蔑和鄙夷，永远不会有憎恨的产生。话说回来，我如此深爱着自己，绝对不会去恨任何人或任何事——恨会限制我，可我的身心包括灵魂是应该在宇宙中自由发展的。

与其恨他们，不如躲着他们。他们面目可憎让我的感官受到冲击，更是在我的心里激起涟漪，无数异样的目光让我苦不堪言；只要他们一消失我就不再痛苦。可不管我愿意与否，我都要和人相处。我与主动出现在我面前的人产生交集，但在记忆里绝对不会有他们的存在。他们一旦从我的眼前消失，与我而言就像从未存在过一样。

　　即便他们可能会与我的事扯上关系，可我觉得一点
都不重要；但它们之间的联系反而让我更感兴趣，就像
在等待戏中角色一样让我充满期待。我必须不再存有道
德规范，才能让我无视公正，因为现在不怀好意的、不
公平的言行依然会让我愤怒；低调的言谈举止和坦坦荡
荡的高尚行为依然让我心生欢喜，甚至让我喜极而泣。
但前提条件是，我必须站在自己的角度去观察和审判，
如果在经历了这么多事情之后还是听信别人的话再来决
定，那我肯定是疯了。我再也不会凭借别人的单方面言
语就相信任何事情。如果我的面容从来未曾出现在世人
面前，就像我的性格和天性从未暴露过一样，我想我可
以自在地和他们一起生活；一起享受让我们都会开心的
社交——之前我从来都不会参与他们的活动，就像一个
外星人。如果我可以没有顾虑地抒发我的各种情感，如
果他们永远不会来打扰我，我或许会喜欢上他们。我会
对他们施以有用的、没有私念的善心——我不会对单一
的个体有眷恋之心，更不会承担任何义务的重量。我要

由着自己的想法为他们为我自己做很多事——包括所有
因被法律限制，被自尊驱使且需要花费大量精力才能完
成的事。

　　如果我可以一直无拘无束，默默无闻，一个人待在
自己的世界，那么我只会是一个专门做好事的人，因为
坏心眼是没办法在我的心里扎根的。如果我可以像神明
那样拥有隐身术且无所不能，那我肯定像神仙一样以慈
悲为怀，以善良为本。人之所以会变得优秀，是因为力
量和自由的支持，而懦弱和奴性只会让人变得恶毒。如
果我能像裘格斯那样拥有魔法指环①，世人的限制将不会
再对我起任何作用，我还能将全世界的人掌控于股掌之
间。当我白日做梦想着那些不切实际的计划时，我经常
幻想着该如何将指环的作用发挥到最大，人的权力越大，

---

　　① 根据柏拉图在《理想国》中的记载，一个叫裘格斯的牧羊人无
意中发现了一枚指环，戴上之后可以隐身。

就越会在欲望的驱使下滥用职权。如果连欲望都可以自己主宰，可以分辨谎言与欺骗，我的生活还有追求吗？是的，还有——让心灵得到快乐与满足。能够触发我内心永恒情感的就只能是众人都变得幸福，我愿意为实现这个目标奉献我的全部热量和激情。那样，我会始终充满正义，刚正不阿，始终怀有一颗善心，坚强独立。我会好好保护自己不被疑心和仇恨困扰；我在看清人们的真实面貌并清晰地读出人们内心的想法时，他们已经没有任何让我眷恋的东西了，也没有可以让我生出厌恨的丑陋；哪怕他们对我再恶毒，也只是让我更加可怜他们，因为我清楚地知道，他们费尽心思迫害我的同时，他们的内心也会遭到反噬。如果我情绪高涨，我可能会像孩子一样创造出奇迹——无关利益，天性使然，我将会赋予朴实无华的正义行为无比的仁慈与公平。天意选择我作为执行者，我就会用自己的力量好好传播神圣法度，我将会竭力创造出比《黄金传奇》和圣梅达尔墓前的神迹更睿智，更广为可用的奇迹。

基于这件事，变成隐形人去四处游荡的能力才让我难忍心中的欲望，可一旦迈进其中，我必定万劫不复。四处夸耀自己不为利益所诱，或者宣扬理性是如何在我即将坠入深渊时将我拉回，这都是因为对自身和大自然缺乏正确的认识才会有这样的举动。我对自己处理任何事情的能力都十分放心，唯独在这个问题上不足。即便能力高于其他人，也是需要克服人性弱点的，否则拥有再强大的力量都无济于事，都只会让你低人一等，甚至低入尘埃。

将所有不利因素都考虑完整后，我决定在我还没做出任何愚蠢的事情之前丢掉这枚神奇的指环。人们恪守自己的看法，认为站在他们面前的我是不真实的，我的脸只会让我得到更加不平等的待遇。为了不让他们再看见我，再起一些别的心思，我要远离他们，但不是要从中消失，而是他们应该在遇到我时藏起他们的拙劣诡计，他们应该像老鼠一样藏在阴暗肮脏的下水道里，想见天日都要畏首畏尾。如果他们有幸看到我就最好，虽然概率很小——他们只会看到那个由他们一手造成的存活于印象中的那个让－雅克，他们还在那个人身上继续发泄着满腔仇恨。想明白之后，我不禁觉得好笑，我为什么要因为他们对我的方式感到痛苦——这又不是我应该担负的责任，他们嫉恨的那个人根本就不是我。

从上述思考中我得出了这样的结论：文明社会不适合我的存在，那里处处充斥着烦心、责任和义务，像我这样特立独行的人在这个规规矩矩的社会只会受到各种限制和管辖。人性本善，只要我遵从内心做事，只做好事，那么我就是善良的。一旦我觉得失去了自由，不管是形式所逼还是被人类制约，我就会变得乖张或者说像一头倔驴，我这个人就没有活着的意义了。但要是让我做出违背原则的事是毫无商量余地的，无论结局是好是坏。因为我的软弱决定了我不会固执己见非做不可，因为在行动上我畏首畏尾，所以我什么都不会去做，我浑

身上下都无法发挥积极的力量。我所有罪孽的来源是因
为什么都不做，而并非做坏事。并不是想做什么就做什
么才叫自由，而应该是不想做什么便不做，这才是我要
的自由，是我坚持不懈的追求，也是我最常保持的状态，
可也因为这样我遭受了同代人无比强烈的打击。他们充
满激情，狂躁不安，充满野心，看不惯自由的人，他们
满足于按照自己的要求行事甚至成为他人意愿的主宰者。
他们的一生做的都是令自己讨厌恶心的事，即便他们善
于发号施令也无法改变自身的奴性。这样说来，将我当
作毫无用处的社会一员并不是他们的错，他们最大的错
误在于将我视为社会毒瘤，要将我连根拔起——我确实
没做过什么好事，可要论起做坏事，我敢保证这个世界
不会有人比我做得更少了。

七
植
物

我才刚开始记录梦境，就有一种已经快要结尾的感
觉了。紧接着的那项消遣更让我沉迷，我甚至奉献了自
己做梦的时间。我全身心地投入其中不免让人觉得荒唐
可笑，这样的举动让我自己都觉得不可思议，让我控制
不住嘴角上扬。尽管觉得荒唐，我依然劲头十足，因为
我如今的处境让我无须再去顾及任何行为准则，再也没
有什么比由着自己的性子更重要的了。我知道自己是无

辜的，但我深知没有能力挽回我所经历的一切了，任何人对我的评判都不会再对我起任何作用。智慧本身对我所提的要求就是在我能力所及的地方，对一切事物都采取让自己开心的方式。无论是面对自己还是和公众站在一起，我的唯一原则就是跟随自己的心意，这也是我现在仅剩的一点力量了。干草是我全部的干粮，研究植物是我全部的消遣。当我跟着德·伊维诺瓦医生在瑞士第一次踏入这个领域时，我已经步入老年了。我有幸在这次旅行中收获了很多植物，有关植物王国，我积累的知识还算丰富。后来当我60余岁来到巴黎时，我大多数时间都待在家里，非必要一般不愿出门，渐渐便失去了再去收集植物标本的一腔热血；再加上那时我更沉迷于音乐创作，无暇顾及其他，索性放弃了植物学这门于我而言已经不必要的学科；我卖掉了自己收藏的植物图集和各类植物学藏书，有时在巴黎周边散步时恰好看到了这些植物我便很知足了。在这为数不多的时间里，我再也很少提及植物学，原本就不充足的知识储备慢慢从记忆中溜走，果然遗忘的速度是记忆无法比较的。

　　恍惚间，我已过了 65 岁，记忆变得如一潭死水，我也无法再漫步于乡间小路，可就在这没有向导，没有书本，没有花园，也没有植物图集的环境中，我对植物学的热情再次激起了涟漪，比起第一次的热情有过之而无不及。我开始郑重严肃地研究穆瑞的《植物王国》。那些卖出去的书本再也无法找回，我只能选择从别人那里借过来再逐字誊抄一份。我立志要建一本内容更完善且丰富的植物图集，还要收录生长在海洋、阿尔卑斯山脉及印度的所有植物。我决定从最简单的龙吐珠、细叶芹、琉璃苣和千里光开始。我娴熟地从鸟舍上采集植物标本，每一次新的发现都会让我满足地想：我又得到了一株新的植物。

　　在进行这件事之前我从未仔细思量过这样做的目的；我认为没有比这更合乎情理的事了，因为就我的具体情况来说，我在让自己变得无比快乐的消遣中沉醉这是一个多么睿智的决定，我甚至可以说这体现了我的高尚情操——这是避免心中复仇种子萌芽的最好方式。既然所有境遇都已无法改变，那从中找到乐趣的唯一办法就是从内心深处抛开一切让自己愤怒的冲动。这也是我用以报复那些迫害我的人的方法。让仇人痛恨的方式就是让自己变得幸福，难道还有比这更让自己痛快的报复方式吗？

确实是这样，没有什么能阻拦我，我的理智支持我并命令我投身于自己喜欢的事情当中；而我的理性并没有跟我说清楚我被这种研究吸引的原因，没有告诉我进行一项没有益处，不会有新发现的徒劳研究有何意义，更没有跟我说重新捡起青年时期抛弃的爱好又开始做起小学生的功课有什么好处，更何况面对的是我这样一个落后、迟钝、没有长处、记忆欠佳的老朽。我迫切地想弄清楚这件事的缘由，为此我甘愿牺牲最后的乐趣，似乎只要弄清楚事情的来龙去脉我就能获得新生。

　　有时我会静下来思考，可思绪似乎是被外在力量威胁，它总是与我的本心闹别扭，我根本没办法从中获得乐趣。想象让我放松自己，可思考又让我疲惫不堪。我始终认为思考是一项毫无生趣的活动。虽然有时候，思考会结束想象；但更多的时候，是沉思陷入了遐想，我的思绪可以插上翅膀在浩瀚宇宙中自由飞翔，我的心神漫无目的地自由飘荡，这种凌驾于一切的快乐让我无比陶醉。

　　一旦品尝到了这种单纯的快乐，其他的乐趣便再也不能引起我的兴趣。但是，从我在外力作用下开始走上文学创作的道路时，我不得不承认脑力劳动的辛苦以及要承受的恶名在外的痛苦，更是感觉到自己美好的想象已逐渐失去光彩。我不得不及时违抗自己的本意去应付当下的处境，50 年前那种为我带来财富和荣誉的美好状态再也别想拥有了。那是我用几十年时间换来的无所事事竟让我一跃成为所有凡人中最幸福的一位。

即便是在自由地遐想，我也不禁会担忧自己的想象力会受不了各种不幸而失去理性走上歪路，担心切不断的痛苦会将我的心灵锁上枷锁，让我最终变得不堪一击。在这样的状态下，我选择听从本性的建议以避免我所有的想象力变得不堪一击。当我将目光转移到周围的事物上时，我第一次感受到了大自然的精彩，也看到了大自然让丑陋和细节无处藏身的纯粹。在这之前我从未留心过这些小细节，我一直认为世间万物是一个整体。

树木、灌木和草木是大地的外衣。那了无生机、只有漫天沙土的大地是悲伤的，植物是让它重获生机的标志，在潺潺流水声和啾啾鸟鸣声中，大地重生了，向人们展示了一幅大自然动物、植物和矿物三界和谐共生的画面，这画面生机勃勃、趣味盎然、魅力四射，是世上唯一一处可以让心灵和眼睛得以休憩的美好景致。

观赏者的灵魂很感性，那么他肯定会被这温柔美好的景致所吸引。优雅而深刻的想象会占据他的身心与灵魂，他会因这份怡然安适的情感而沉醉，在这美妙的广阔天地里迷失，逐渐体验到新的自我认同感。他的眼里再也没有了单独的个体；他所见的，所听到的都是一个整体。如果非要他从局部开始观察整个世界，你要有这个能力控制住他的思维和遐想才能实现。

烦闷忧思让我的生活不再轻松，它不得不去靠近、去发现周边事物产生的情感活动。我不能眼睁睁地看着心灵日渐枯萎而无动于衷，于是在这个过程里我小心翼翼地守护着那份随时会消失、不见踪迹的热情，在这个过程中竟然也产生了以上那些联想。我依然自由地在林中和山里游荡，却不敢放飞思绪，生怕一不小心我的愁绪会占据美好的一切。我的想象力让我的感官迷失在周围事物产生的美妙轻松的印象里，它下意识地拒绝与痛苦有关的任何物体。我的选择变得丰富起来，我在它们中间走马观花，应接不暇的感觉让我兴奋，这么多的选择里不可能没有我痴迷的和充满魅力的事物。

这种视觉享受让我深深着迷，它不仅让我的精神备感轻快愉悦，还为我排忧解难，减轻我的伤痛。大自然中的事物似乎看不惯人们有忧思，在看到它的那一刻烦忧都会有所减轻，这让散心变得魅力四射。芬芳的气味、鲜艳的色彩和美丽的外形，似乎都各展本领吸引我的注意。怀有一颗懂得感受愉悦的心，你就会轻易沉醉在这美好的景色里。如果天生不够敏感，或是自身杂念太多，他们在看见这些自然景象时则不会有这么深刻的体验，他们连光明正大地去探索事物都不敢。

还有一种情况，他们也是高品位人群，对植物深有研究，但他们一般将植物拿来炮制药物或当作药剂的原料。而我认为的古希腊时代唯一的植物学家泰奥弗拉斯托斯①就不这样想，或许没有几个人熟悉他，因为他并不是鼎鼎有名的人物。后来，拜卓越的药方辑录者迪奥科里斯及其作品的注释者所赐，植物被医学操纵，它们被纳入药方当药材。植物的其他价值在此刻完全消失，它们只拥有了当药材的义务，可它们的真正价值只实现了三分之一到四分之一。很多终身奉献于钻研贝壳标本的饱学之士嘲讽植物学是一门无聊的学问，可他们却不知道植物的结构本身蕴藏着巨大的知识宝库。他们认为如果不研究植物的药用价值，那么它就没有生长的必要。他们认为，植物学只用相信权威的话就行，观察大自然没有任何实质意义，然而大自然是那么真实的存在，可权威的话能完全信任吗？他们信誓旦旦地保证他们的话完全可以信任，可他们的言论也不过是在听别人说的基

①　师从亚里士多德，是古希腊哲学家、科学家，著有《植物志》和《植物之生成》，在植物学历史上具有重要地位。

础上再做一个总结罢了。

当你因一片繁花点缀的草地停留，当你仔细观察那些小小的花朵时，无知的人会认为你什么都不懂，讽刺地向你咨询哪些草对儿童的皮疹、大人的疥疮或者马的鼻疽有效。在其他国家是没有这些让人厌弃的偏见的。在英国，林奈在一定程度上将植物学从医学中解救了出来，将其纳入了自然历史和经济运用的范围；在法国，上流社会对这门学科的认知度非常低，人们的观念完全没有解放，以至于一位巴黎的有识之士在伦敦看到一座都是罕见树木和草木的植物园时，竟然大发感叹："这么大一座草药园！"照这样理解，拥有最丰富草药的药剂师非亚当莫属，因为谁都不可能拥有像他那样品种齐全的花园——伊甸园。

医学理念并不会成为植物学的研究助力，它的插足只会让那些美丽的植物黯然失色，让树林变得闷热嘈杂，让盎然的绿意变得死气沉沉，让人再难欢喜。只想将植物捣碎进行研究的人，他们面对美好的景致时可没有什么浪漫的想法，他们才不会把灌肠的草药拿来编织成牧羊人的花冠。

但药剂学对我脑海里的田园美景没有任何影响，我离草药汤茶和膏药是最遥远的。我每天都能近距离地接触田野、果园、森林和在其中生活的各类居民，我觉得大自然赐予的这个植物王国简直就是人类和动物的食品杂货店，应有尽有，虽然我从没想过要在这个巨大的食品店里寻找药剂和药方。在这么多的植物里，我没有发现任何能当药物的东西，我想大自然要是真的为我们提供了药物，应该是像提供的食物那样显而易见的。我觉得在脑中想象到高烧、结石、痛风和老年病等等病症都是对漫步丛林乐趣的玷污。我觉得对人们赋予植物各种药用价值的做法多说无益，就算这些药用价值真的存在，不是想着办法让病人继续病下去吗？在人类这么多类型的病症中，有哪种病是通过吃草药就可以根治的？

　　身体健康的时候，人们对大自然冷淡无比，当身体需要保养或治疗的时候，就利用物质的力量去寻找办法，但这种想法我从未有过。在这一点上我与其他人完全不同，我不在意身体需求甚至厌恶身体发出来的信号，因为只有身体完全沉寂时，我才能真正享受到精神赐予我的愉悦。虽然我离不开医学，更离不开药方，但我只能在单纯且不牵扯自身的思考中才能专注收获心灵的快乐，一旦察觉灵魂被身体束缚，我便不能自在地与大自然相处。虽然对医学从来不抱有期待，但我全身心地信赖医生，尊重且喜欢他们，可以将自己的病体交给他们全权处置。15 年的亲身经历让我学会了很多，可现在我还是只想尊重大自然自有法则，因为大自然又给了我一个健康的躯体。医生无法从我身上找到任何可以进行治疗的疾病，于是他们对我心怀怨恨。可这有什么好惊讶的呢？我不就是一个证明医学无效，治疗无用的最好例子吗？

是的，与我的身体有关的任何事物都别想扰乱我的灵魂，因为我需要忘我的状态以便陷入深思或想象。在那样的状态中，我能感觉到无法言语的沉醉和快乐，我与整个生命体系紧紧相连，甚至可以说达到了相融合的状态。当我与世人还能称兄道弟时，我会定下一些有关在尘世获得快乐的计划；这些计划涉及范围广，但从未将涉及范围触及与个人幸福有关的内容，直到看见我视为亲人的人类将我的痛苦看作笑柄。我不想含恨度日，于是我选择远离他们；我逃进大自然的怀抱，躲避她的孩子们给我造成的伤害，想好好地寻求安慰。我成了孤独的人，就像他们评价我是一个孤僻冷漠、阴郁又愤世嫉俗的人，因为我觉得最荒凉的孤独也好过与那些伪君子往来，从他们身上只能换来背叛与仇恨。

我拼命地压制住自己的思绪，这很容易让我想到自己的痛苦遭遇；我也不敢大胆运用那已经少得可怜，又让我快乐却不再有活力的想象力，免得在未来更痛苦的时候我连赖以生存的寄托都没有了。我害怕自己在愤怒的驱使下与他们拔刀相向，不得不尝试着去忘记那些羞辱和攻击我的人们。可我又无法将我的注意力完全集中，因为我那澎湃的灵魂已经不受控制，它意图将我的灵魂和情感转移到别的生命轨迹上。我的体力和精力已经大不如前，也不能再像过去一样自由行走在大自然的广阔天地中了，再想在我能力所及之处找到足够牢靠、足够稳固且吸引我的事物就很难了，当初令我心醉沉迷的活力也无法再现了。如今的我没有了思考的能力，只能凭着感觉去理解离我最近的事物了。

我远离人群，喜欢孤独，不再白日做梦，甚至不再思考，反而让我有了一种鲜活的气息，我不再沉闷忧伤平淡如水。我又开始关注身边的事物，重拾观察之心。我的天性让我只关注那些让我开心的事物。矿物王国本身就是一片死气沉沉的存在，它们深藏地底，远离人类似乎就是想避免诱发他们的觊觎之心，免得落个灰飞烟灭的下场。丰富的矿藏静静地藏在那里，似乎是储存起来以备在将来真正需要它们的时候成为救世的财富，用以取代那些人们已经玩弄许久，让人们不再感到新鲜的事物。到了那时，就要新兴工业，靠辛勤的劳动解决贫困问题；人们深入大地的肺腑，不顾生命危险，不惜牺牲健康开启挖掘之路。殊不知他们寻找的只是臆想的财富，并不是大地为懂得生活的人们提供的看得见摸得着的财富。人类开始躲避阳光和温暖，所以他们不配这青天白日；他们选择将自己活埋在地底简直是做了一件天大的好事，因为人类已不配生活在阳光下。乡村生活的勃勃生机逐渐被采矿场、泥潭、熔炉、锻窑、铁砧、榔头、迷雾和火焰代替。贫困的人们面色苍白、形容枯槁，在臭气熏天的矿脉中日益憔悴，铁匠被烟熏火燎得黝黑，人们变得像独眼巨人那般丑陋不堪……大地上的绿树红花、纯净湛蓝的天空、羞涩含蓄的牧羊人和热爱生活的劳动者被这些见不得光的事物全数替代。

　　我承认，要装成自然主义者很容易，只需要用拣拾回来的沙砾把自己的口袋和陈列室装满即可；但专注于此却不再前进的收藏者都是暴发户，他们只想体验炫耀的快感。只有成为化学家和物理学家才能真正从事矿物研究，必须将大量的时间奉献给实验室，并为此进行许多昂贵且艰难的实验，还要在煤炭、坩埚、熔炉和蒸馏瓶上花费大量钱财和时间，终日与蒸腾的烟雾和令人窒息的蒸汽打交道是要冒着生命危险的，且不利于健康。在如此艰难又很容易感到疲惫的工作里，收获的知识往往比不上傲慢。即便是最普通的化学家也会以为自己找到了大自然中的惊天奥秘，其实只不过是大自然里千奇百怪的事物中几种不足挂齿的巧合而已。

　　动物王国距离我们最近，也更值得我们深入研究，但这门学科有潜在的困难和烦琐，也有让人恶心和烦心之处。对一个孤独的人而言，不管是游荡还是工作，都不会有人来助一臂之力，那么观察、解剖、研究、辨识飞禽走兽根本就不切实际。它们的行动像风一般轻盈，比人敏捷又强壮，是不可能自己乖乖就范让我研究的，我根本没有精力去跟踪且擒住它们。于是我的余生研究就只能和蜗牛、蠕虫、苍蝇做伴，偶尔发现的动物尸体和用尽全力才捕捉到的老鼠是解剖动物中的幸运彩票。不解剖如何叫动物学，解剖才能教会我辨认和分类。要想进一步了解动物的生活习性及特点，就要建鸟舍、鱼塘和动物园，将它们都圈禁在离我最近的地方才能随时研究。可我不想让它们失去自由，我也没有能力建造圈禁之地。所以我只能研究死去的动物——将它们肢解，剔骨，研究它们还没来得及停止跳动的心脏。解剖学实验室真是一个令人作呕的地方——散发着臭味的尸体，渗透出黏液的清白色肉体、斑斑血迹，恶心的内脏、可怕的骷髅和瘟疫般的瘴气。这可不是那个满怀浪漫情趣的卢梭留恋的地方。

　　绚烂的花儿，草地里的斑斓，清凉的树荫，活泼的

溪流和美丽的花束，你们快来净化我那些已经被肮脏的
丑陋事物玷污的想象力吧；能打动我灵魂的只有敏感的
事物，伟大而丰富的情感已经完全丧失，我的感官已经
麻木，痛苦或喜悦只能通过感觉让尘世间的我有所触动。
我被周边耀眼的事物吸引了目光，端详、凝视并对比之
后，我终于学会了如何分类。我就这样在那一刹那间成
了一位植物学家，一位只想通过大自然去了解新鲜事物，
然后爱上大自然的植物学家。

　　如果说我这么做是为了学习科学知识那就已经太晚
了。再者，对于科学能让生活变得幸福的事我还闻所未
闻。我只想通过自己的努力给自己营造一个甜美简单的
环境，让自己可以随时感受到快乐，从而忘记生活中让
我痛苦的回忆。在植物世界里漫步，不需要付出任何代
价就能好好研究它们。我会比较它们的不同点，再找到
相互的联系并区分，然后观察它们是如何组成的，继而
追踪这些支撑生命力运动的机制是如何工作的，努力研

究它们之间常见的法则和完全不同的构成原理，让自己沉浸在感恩和赏析中。感谢大自然给我机会让我得以享受这样的乐趣。

　　大地就像星空，生长在土地上的植物就像星星一般虽小却十分耀眼，它们用它们特有的乐趣和新意吸引人们去探索大自然；星辰与我们的距离是那么遥远，要想研究星空并将其纳入知识体系，需要做好大量充足的准备：先进的仪器，还有够长的梯子。可植物就在我们身边，就在我们触手可及的地方。尽管有些植物的核心部位用肉眼难以发现，但观察植物的工具相较观察星空的工具要常见且容易得多。植物研究适合孤独的人，适合闲人和懒人——随身的一把小刀，一个放大镜就是所需的全部装备，孤独的漫步者可以轻装上阵，行走在一个又一个待研究的对象之间，满心期待又充满好奇地观察每一朵花，当他开始明白植物的构造时，就可以不费吹灰之力感受到观察赐予的快乐，这种强烈的快感与费尽心思得来的快乐完全可以相提并论。这项可以自由游荡且毫无意义的活动，是要在完全的宁静下才能体会到的魅力，这是足以让生活变得美好且幸福的魅力。可是如果其中夹杂了任何一丁点儿的不纯动机，为了谋取利益也好，求取功名也好，为了著书出版也罢，只要是抱着功利之心去采集植物，便体会不到这种让人沉醉的魅力。人们无法感受这种真正的快意，因为他们将植物视为追名逐利的工具。人们的研究与求知无关，只想大肆炫耀自己所掌握的学识，森林被利欲熏心的人们占领，从此变成了人世的另一个舞台罢了。

或许，只是博物馆和陈列馆中的植物吸引了人们，他们不用再去细心观察植物，只用苦心研究各种结构和方法；争论不休并不能帮助我们所发现一样植物，也不会让人们更了解自然历史和植物王国，因利益的角逐而产生的各种仇恨和嫉妒激发的混乱与在其他满腹学识的人身上产生的反应一模一样。就这样，这门可爱的学科变了模样，他们不顾一切地将它移植到城市和学院中。在不适合野生植物生长的地方，植物学研究就像围困在花园里的异域植物一样，不再富有生机与活力。

可对我来说则完全相反。这门有趣的学问让我如死水般的生活有了生机。我攀爬在岩壁上，享受登顶的极乐，深入山谷和森林，尽力避免想起与人类有关的记忆和他们给我造成的伤害。幽静的森林似乎可以给我庇护，树木的枝头给了我前所未有的安全感，人们应该会顺利地遗忘我吧，我应该可以获得自由和安宁，就像从来没有敌人那样，人类也可以渐渐淡出我的记忆。我一厢情愿地认为，只要我不去想人类，那么他们应该也不会想到我。这样的自我安慰给了我极大的精神满足，如果我的精神状态允许，我真想一直沉醉其中。我领会到的孤独越深刻，就越需要填补我精神空虚的东西，那些我不想玷污想象力的事物以及选择遗忘的过去已经被一些大自然的产物代替了，这是大自然赐予我这个可怜人的礼物，不是人类强制性的创造，比起费尽心思躲避迫害者，去沙漠开启寻找新植物探险更有乐趣；来到人迹罕至的地方，我连呼吸都变得自由了，这是一处让仇恨无处遁形的避难所。

在拉洛巴利亚附近的教士山采集植物标本的那一天让我永生难忘。我孤独地行走在高低不平的山峦间，走过一棵又一棵树，踩过一块又一块石头，最后找到了一处地势较低又十分隐蔽的洼地，这是我见过的所有地方中最荒凉的所在。暗色的冷杉中夹杂着巨大的山毛榉，其中好几棵因年代久远已经倒下，交错地重叠在一起，给这片洼地筑起了一道不可入侵的围墙。透过这片阴暗压抑的洼地向远处眺望，只能看到奇形怪状的石头和悬崖绝壁，如果不是趴在地下有了踏实感，我很难有勇气向下看。山间回荡着猫头鹰、鸮鸟和白尾海雕的啼叫，这些少见却很熟悉的小鸟们倒是为这阴森的山林带来了一线生机。可这里竟然生长着七叶石芥花、仙客来、圆叶鸟巢蕨、伞形科植物大拉瑟草以及其他好些让我欣喜着迷的植物，我兴味十足地观察了许久。不知不觉，我被这里强烈的视觉冲击所震撼，暂时遗忘了植物学和花草树木，就像年轻时那样坐在石松和青苔的天然坐垫上，开始了我的自由遐想之旅。

我这时身处于一个完全与世隔绝的避难所，他们应该再难找到我了吧，很快，这丝得意的情绪就进入到了我的想象中。我觉得自己简直可以和发现无人岛的伟大旅行家相媲美，这个感受让我开始沾沾自喜——我是第一个踏进这里的凡人，就像哥伦布发现新大陆那样。正当我沉浸在自己的想法中骄傲得无法自拔时，忽然一阵熟悉的铃铛声从不远处传来；我凝神细听，同样的声音再度响起，而且频率越来越高。我讶异又好奇，便循声找去。透过高大的灌木丛，我看到在距离此处 20 步开外有一座背斜谷，谷中竟然有一座手工工场。

我的心情变得十分复杂，内心很不是滋味。初见涌入内心的是喜悦，因为我以为没人找得到的地方竟然有了人迹。但这种喜悦很快一闪即过，随即而来的是漫长的痛苦——那些想折磨我的人，竟然连阿尔卑斯山脉都阻挡不了他们的脚步。因为我一直坚信，在这座深山工厂里，只有个别人没有参与蒙特莫兰大师①策划的阴谋。我又连忙否定了这种丧气的念头，不禁气极反笑，我笑我稚嫩的虚荣心，也笑自己因爱慕虚荣受到的戏剧性的惩罚。

不过应该谁都不会想到在这悬崖峭壁间竟然能发现一座工场。也唯有我们瑞士才会看到在荒芜的自然中有人类工业混杂其中。具体一点来说，整个瑞士就是一个巨大的市场，其中不乏像圣安托万街那样长且宽的街道，但周边却全是森林，还有高山将它们分隔开来，偏僻的

---

① 莫蒂埃城的牧师，卢梭认为就是他一手策划了莫蒂埃投石事件。

民居向四周散落，唯一的交流方式只有开放式的英国式花园。说到这里，我又想起了采集植物的又一次经历。那一次和我同行的有杜·佩鲁、德·艾舍尼、布里上校、教士，我们一同前往沙瑟龙山，在山顶上我们发现了七处湖泊。听别人说整座山只有一处房屋，而谁都想不到屋主曾经从事的职业竟然是书商，且国内的生意十分兴隆，这完全出乎大家意料。我认为这件事比听旅行人谈论的经历更能让人真切地体验到瑞士是一个多么神奇的国度。

另外一次性质相同的经历也能让人感受到这个民族有多么不一样。在旅居格勒诺布尔期间，我经常和当地一位名叫波维耶的律师一同去城外采集花草。他对于植物学谈不上热爱，简直可谓一窍不通，他只是想在路途中守护我，跟我做伴，寸步不离地保护我是他奉行的法规。一天，我们漫步到了长满荆棘的伊泽尔河边。我发现这些灌木上结满了成熟的果实，看着分外诱人，我好奇地摘下来尝了尝味道，味道偏酸但还能接受，因为有些饥渴难耐，我便开始食用这些果子。波维耶先生就站在我旁边，他并没有和我一起吃但也没有阻止我。突然，他的朋友出现了，看到我正在大快朵颐地吃着刺柳的果子，吓得大叫："天哪！先生，您在吃这个吗？难道您不知道这个果子是有毒的吗？"我不禁有一些慌乱，再一次确定道："这果实有毒？""没错，"他肯定地答道，"这是常识，所以当地没人吃。"我质问身旁的波维耶先生："您怎么可以视而不见呢？""啊，先生，"他一脸敬畏地回答道，"我怎么敢粗鲁地打断您哪。"看到这个多菲内人一脸谦卑，我忍不住笑了出来，也不再惦念这份小吃。当时，我还相信——直到如今我依然相信——不管什么东西，只要吃到嘴里很美味，就不会给我们的身体健康造成影响，或者只有超标了才会对我们的身体造成影响。可是我也不能否认，那一天接下来的时间里，我都是在不安中度过的，幸亏后来焦灼感减轻了。我愉悦地吃了晚餐，晚上也睡得很好。次日醒来，感觉精神倍好，虽然前一天，我把 15 或 20 个恐怖的沙棘果吃到了肚子里。

第二天，我在格勒诺布尔遇到的所有人都跟我说，这种果实只需要吃一点点进去，就能把人毒死。我觉得这次冒险经历着实有意思，以至于以后我脑子里只要浮现这件事，都会因为波维耶先生极具个性的小心翼翼而忍俊不禁。

在我采集植物的过程中，我对植物学进行的所有研究、那些让我记忆深刻的鲜活印象以及我从中得到的感悟，还有在研究植物过程中，在我心头挥之不去的所有经历的痕迹都得到了更新。那些优美的景色，我再也没有机会目睹了。那些森林、湖泊、灌木丛、岩石、山岭，都不会再出现在我的眼前了，可是它们留给我的印象，却一直让我深受触动。尽管那些美好的地方，我再也找不到了，可是只要把我的植物标本集打开，当时的场景就会历历在目。我所采集的花瓣草叶会让所有令人震撼的奇景都跃上心头。对于我来说，这部标本集是一本植物学日记，它会在回忆中，让我不断享受到新的乐趣，让我反复领略到过去的那些美好。

　　这就是我对植物学的相关遐象。因为植物学，我的脑海里充满了各种让人快乐的想法，让其魅力倍增。草地、流水和树木，还有从中所得到的孤单和宁静，都不断出现在我的记忆中。因为潜心钻研，人类的残害、仇视、轻视、侮辱和所有恶行都被我抛到了脑后。因为研究植物学，我仿佛置身于一个安宁的世界中，置身于纯朴善良的人们中间，就如同我过去所居住过的环境一样。它唤醒了我的青年时代和单纯的快乐，让我重温那些快乐，让我即便置身于普通人所经历的最为糟糕的境地中，也会觉得非常快乐。

八

磨
难

　　当我安静地思考自己的灵魂在多变的环境里转换的
各种角色时，让我非常惊讶的是：虽然生活一直在给我
设下种种陷阱，但相比起我遭受的磨难，我对善与恶的
感知竟还是那样迟钝。我的人生走上巅峰的那一刻虽短
暂，但对我的影响却持久而深远，不过愉快的回忆却少
得可怜；可当我在经受各种磨难时，我却时常能体会到
温暖让人感动的珍贵情感，让我伤痕累累的心得以治愈，

将折磨变成了快乐。物是人非，我靠回忆来温习这些美好的情感，逐渐忘却了那些让我受尽折磨的事例。看起来，痛苦让我尝到了生命的美好，似乎只有在命运压制下的情感才能触动我的心灵，才能让我专注地、不再顾及他人地为自己而活。我们无须为别人在意的事情费心，只有自认为幸福的人才会将其看得那么重要。如果我周围的一切都井井有条，如果我十分满意周遭的生活环境和气氛，我就会对这一切难以割舍。我不羁的灵魂总会被外界的诱惑吸引，大千世界里各种乐趣让我心痒难耐，我的灵魂因为痴迷渐渐偏离了正轨，或者应该说是我渐渐忘记了自己。我的整个身心臣服于外界事物，内心始终难以平静，自愿体验着人间的世事变迁。我在这动荡不安的生活里既不能拥有安宁，也没有为我提供享受平静的庇护所。那时的我表面上看起来格外幸福，但隐藏在我内心的情感没有一种可以经得起反复琢磨，能真正让我觉得心满意足。我从来不会轻易对自己或对他人感到满意。

社会的漩涡让我迷失了方向，孤独让我觉得无聊，我总想着去一个新的地方，但无论待在哪个地方都让我如坐针毡。我在任何地方都会受到热情的款待，享受着人们对我的喜爱及热情的态度。我没有敌人，没有对手，也不担心会有人嫉妒。人们给我各种恩惠，我也会在适当的时机向别人伸出援手。那时工作、财产、支持者、伟大的天赋与我而言都是毫不相关的东西，可我却享受着至高无上的好处，我觉得谁都不会有我这样的境遇了。我不知道究竟还需要什么才会觉得幸福，但我可以确定的是我一点都不幸福。

现如今，我还需要什么才会成为全人类中最不幸的那一个？什么都不需要了，人们早已经准备好了。但不管我的命运变得多么悲惨，我也不想和最幸运的人交换生活和命运。尽管生活充满苦难，但我可以做自己的主人，我为什么要依靠那些有所成就的人？我孑然一身，趁着身体的养料还未用尽，还能依靠这些养分自给自足——哪怕我承认大部分时间是在反复咀嚼空气以维持生命，哪怕我不再活跃的想象力和枯燥无味的思想再也不能滋养心灵。身体的脏腑也不能支撑灵魂的灵气，它也变得模糊和迟钝了，正日渐衰弱，在肉体的压迫下，灵魂失去了活力，只能在躯壳的束缚中垂死挣扎。

我想大多数人扛不过厄运就是因为厄运的本性压迫着我们只能依靠自己。而一旦犯错就自责的我将原因归结为软弱，并借此安慰自己：我的心灵还从未被那些蓄谋已久的罪恶污染。

可如今的人们为什么看不出因为他们我落到了多么悲惨的境地，他们怎么可以不为我的悲惨遭遇感到悲伤和绝望呢？身为大众里极为敏感的一员，并没有因为悲惨的遭遇而灭亡，相反处境越糟我越平静；我不反抗，也不抵触，就这样心如止水地看着自己陷入困境，任何人都不可能像我这样安然接受这一切吧。

　　我又是如何可以达到这种境界的？回忆当初，我早已陷入圈套之中却不曾察觉，待有所疑心时，我的心可没有现在这般淡然。发现自己被人算计是一种从未有过的体验，把我的世界搅和得乱七八糟。厚颜无耻和背叛深深地打击了我。我怀有一颗善心，我觉得所有人都是美好而善良的，所以我从未想过自己会遭遇这样的灾难。为即将到来的灾难做好准备难道不是心怀恶念的人才会做的事吗？于是，我一次又一次地陷入了人们早为我布好的陷阱。愤怒和狂躁让我的头脑不再清醒，让我失去了理智和方向。我在恐怖的黑暗中不得翻身，更看不到指明方向的光亮，寻不到可以让我站稳的依靠，也没有任何东西可以抚慰我漫无边际的绝望。

　　我怎么能平静地生活在那个黑暗肮脏的环境里？但我如今的处境比当时要更艰难，可我竟然获得了安宁与和平。我过得比任何人都要平和而幸福，我嘲笑那些妄图靠施以酷刑打压我的人，我知道他们只是在枉费心机。

我对他们置之不理，内心始终沉静，我忙着观察花朵，研究植物的延续性，沉醉于各种孩童般的玩乐。

　　我究竟是怎样让自己达到这种境界的？似乎顺其自然，不知不觉，不费吹灰之力地就达到了。开始时的状态确实恐怖，我原本以为荣誉会给我带来喜爱与尊重，我会得到与自己所得的荣誉相配的爱戴，可就那么一瞬间，我还没来得及思考就已经被人们当成了祸害社会的怪物。我不明所以地看着整整一代人争先恐后地表达着对这一观点的赞同，没有原因，没有疑惑，没有愧疚，他们就这样决定了我的转变，我至今都被蒙在鼓里。我疯狂地想挣脱，结果却越陷越深。我强迫那些诬陷我的人给我解释，可他们置若罔闻。长时间地挣扎只是在自我折磨，终究一无所获，我不得不停下来歇一歇。我并没有放弃希望，我时刻鼓励自己："单凭这荒谬的成见和盲从不可能让全部的人都相信了吧，这世上一定还有反对阴谋和背叛正义之士。我一定要找到他，找到他之日就是戳破这些阴谋诡计之时。"可这场寻找终究只是白费力气，我没有任何收获。这是一次不约而同地集体战役，无一例外，没有任何反转的希望，我真的会在这可怕的驱逐中结束残生，其中的秘密我是再也无法参透了。

经历了漫长而痛苦的挣扎，我应该在这可怕的境地里向命运低头了吧。但我没有，我还找回了失去的淡定、安宁、平静和幸福，因为现在的每一天都可以回忆前一天的快乐，我不再对明天抱有期待，像今天这样过着就已经满足了。

我又是从何处修炼了这份超凡脱俗的心态呢？只有一点，我学会了接受必须承受的压迫，改变不了就去接受。我曾将我的所有心思都寄托在世间万物上，可那些事物又全都弃我而去，还好我学会了依靠自己并找回了真实的感觉。现在依然有来自各个方面的压迫，但我仍在艰难地去努力维持着自己的平衡，因为我除了自己再也没有任何依靠。

即便身上仍然背负着舆论的枷锁，可我依然满怀激情地对抗着一切舆论，只是自己还未发现而已。我尊重别人，也希望别人会尊重自己，所以我还对很多人心怀敬意时，面对他们对我的评价还是没有办法不在意。在我还没有意识到公道话只是一种偶然的产物时，我还觉得公众的评判是没有私心的，后来才发现单是自己的情绪和因情绪而产生的偏见都会影响人们的评判，即使偶尔的评判是对的，他们遵循的原则也是有矛盾的。当他们虚伪地对一个人表示赞赏和尊重，那并不是出于公正的观点，而是为了在对同一个人的其他方面肆意诽谤的时候，做出一副公正的、毫无私心的模样。

漫长而无谓的寻找终于让我明白，所有人都被困在恶念创作出的缺乏公正而又荒唐的体系中，无一幸免；在我的问题上，所有人更是无法保持清醒的头脑，所有的心灵都将公道弃之不顾。和我同时代的一代人都盲目跟风，对一位从未想过要伤害别人或做过伤天害理之事的可怜人轮番伤害。这番苦苦地寻觅都没有结果让我所有的希望幻灭，我嘶吼着：根本没有这样一个人！我真正地意识到这个世界上真的只有我一个了，与我同时代的那些人不过是没有任何思想的机械生命体，我不能以对待人的心理去期待他们有所作为。不管我从他们的灵魂中读出了何种偏见和企图，我始终都难以理解他们对我的压迫。渐渐地，他们的所思所想都无法吸引我，在我眼里，他们不过是在各种不同目的地指挥下而采取行动的行尸走肉，徒留一个躯壳罢了。

我们在面对苦难时在乎意图多于结果。屋顶上被强风扫落的瓦片可能会造成严重的身体伤害，但远不如心怀不轨的人士恶意掷出的石块造成的心灵创伤更让人伤感。打击的行动可能会无法实施，但这个意图却会一直存在。同理，面对命运的打击，我们更能接受具体物质的伤害，可那些虚无的意识伤害却最让人难以忍受。当不幸之人不知该如何宣泄自己的不幸时，便会迁怒于命运，他们以为命运有意识有思想，专门为折磨他们而存在。这就是为什么输掉一切的赌徒会破口大骂宣泄愤怒，却不知道如此愤怒的原因何在。他们臆想出一种为了折磨他而对他穷追不舍的命数，将其作为宣泄的对象，对一个完全不存在的敌人拳脚相加。当理智的人横遭不幸时，他看到的却是一些随机发生的事件，不会因此变得狂躁失去理性。他也会因感到痛苦而大叫，但不会有暴躁愤怒的情绪。他难免会沦为厄运的囊中之物，但他损失的只是一些物质，这些挫折只能损害他的身体，但一点都不会对他的心灵有任何损害。

能做到这一步已经很难为自己了，但我们不能满足于此，这不能代表全部。虽然这样的做法可以暂时缓解痛苦，但不能将痛苦完全消除。真正的根源存于我们的内心，在触手可及的世界是找不到的，只有内心受过煎熬变得强大之后痛苦才会被连根拔起。这是我在考量本心时切身体验到的一种明显而强烈的感觉。我的理智让我明白，想让自己遭遇的一切都得到合理的解释是荒诞的，这所有的原因、手段、工具都是我无法想明白的，即便想明白了，这一切都是没有任何意义的。如果可以将一切遭遇都看作是因为宿命的安排，不去揣摩背后的策划者，不去猜想背后的企图和道德动机，我就会轻松一些吧。我就应该逆来顺受，不去做无谓的争辩和抗拒。我在这世上唯一的使命就是将自己看作一个没有主观能动性的生命，不要将所剩无几的用来承受不幸的力气浪费在一些不必要的事物上，这就是我真实的想法。我的理智和感性都对上述想法表示赞同，可内心深处还是时不时地传来丝丝低语。这又是从何而来？我寻找着它的源头，一段时间后终于发现——在我对人类开始有了反抗之后内心就有了抵制理性的意识。

这个发现并没有想象的那么顺利，因为一个莫名受到迫害的受害者一直都将这份低语当作低入尘埃之人拥有的骄傲，当作对正义的支持。既然已经发现了源头，就可以不再为它注入新的源泉，或者至少可以让它中途改变流向。有自尊的驱使灵魂才会充满傲气；而自负则会让人产生无尽的联想，它擅长伪装，让人误以为它就是自尊；等到这欺瞒的把戏被拆穿，自负便无处可逃，就再也不用担心了。尽管要压制自负的情绪，但对付它也就变得很轻松了。

自负在我的身上并不常见，这种忸怩作态在我辉煌时也曾让我变得激进，尤其是身为作者的时候；或许和别人相比还是有所区别，但已经让我觉得惊讶了。我接受的惨痛教训终于将自负压得翻不了身，起初它还在拼命反抗这种不公平待遇，最后却习以为常了。自负的情绪潜伏在灵魂深处准备伺机而动，但灵魂斩断了它与外界的联系，不给它变得苛刻挑剔的机会，不再攀比也不再有私心，它唯一关注的就是嘱咐我好好善待自己。于

是，我的自负找到了大自然的正常轨迹，将我从舆论的
枷锁里解放了出来。

从那一刻起，我的灵魂归于安宁，甚至找到了最美
好的幸福。之前正是因为自负的叨扰，让我原本不幸的
生活变得更加糟糕。当自负没有了发言权，理性开始做
主安慰我们，终于让我们凭一己之力无法解决的痛苦有
所缓解。在痛苦刚有苗头的时候，理性就已经发挥了安
抚作用，这让我更加相信，只要不在意痛苦，就能避开
它的锋芒。伤害只针对那些会介意留下伤口的人，如果
丝毫不介意就不用在乎它。对于正在经受的苦难，如果
只在意它的本身而不介意背后之人，以及那些不会虚与
委蛇地迎合他人以博取好评的人，冒犯、报复、亏待、
欺辱和不公平都算不了什么。

我生命的本质不会因别人的看法而改变。即便他们
拼尽全力，将阴谋诡计全数奉上，也不管他们做什么，

方法如何，我依然是我。尽管他们设的陷阱让我的处境不再明朗，他们筑起的隔离墙夺走了我晚年生活的所有物质需要和支助。连金钱都失去了它唯一的价值，因为我需要的服务金钱无法给予我，我与人们断绝了往来，也没有可以相互交换的资源。即便身处熙熙攘攘的人群中，我依然是孤独的，我唯一可用的资源就是自己，虽然这份资源和我的年纪一样都已垂垂老矣。

苦难沉重且让人厌烦，但我学会了如何忍受它而不让自己因它失去理智，它对我来说也就没有作用力了。能真正有需求的时刻是很少的，之所以会增加是因为预见和想象的助力，正是这源源不断的持续性让人变得焦躁和不幸。对我来说，明天的处境变得多么糟糕都不怕，只要我今天是好好的就行了。我完全不会去假设未来要是变得更糟要怎么办，但如果当下就让我变得痛苦我就会非常不安，只会因当下的感受而痛苦——这样我的痛苦就缩小到了我能接受的范围。

孤身一人、疾病缠身、全身乏力的我可能会因为极度贫困、苦甘难耐地死于床榻，也不会有任何人来关心我。不过我要是像其他人一样都对自己的状况不甚在意，随他去，这一切依然不会有任何影响。尤其是处于我这个年纪，将生存与死亡、病痛与健康、财富与贫困、荣誉与骂名都已抛诸脑后，完全不放在心上，也就不用担心它们会制约着我。大多数老人会遗憾、会焦虑，可我却什么都不担心，以后会发生什么我完全不在意。这样毫不在意、安之若素的心境要感谢我的敌人将它赐予我，不然凭我一己之力不会这么快得到。所以我接受了这份好处并将它充分利用，就当作是他们用来弥补给我造成的伤害吧。他们让我在面对逆境时变得坦然，与其将我保护着免受厄运打击，我更喜欢这样做。只有经历了打击之后我才会勇敢地面对逆境，在征服了厄运之后我再也不害怕了。

练就了铁石心肠后，我在环环相扣的人生境遇里注重保持着淡然的心态，即便我的生活没有后顾之忧，最多也就保持在这个样子。难以避免的是因为一些事物的出现都会让我回忆起让我痛苦的忧思，虽然只是短短的一瞬间。除此以外，我的心灵都遵循着本性的引导，对一些美好的情感十分感兴趣，并从中汲取赖以生存的养分。我与想象中出现的生命共同分享这快乐的时光，那些生命也能够感同身受，就像真的存活于世一样。我可以自称为它们的造物者并确定它们是真实存在的，也无须担心它们会背叛我或弃我于不顾。只要我没有停止受苦，它们就会一直在我左右，帮我忘记生活的折磨。

一切都回到了我期待的轨迹，我的生活又充满了幸福与甜美。在我走过的四分之三的旅程中，有时沉醉于教育意义深刻又让人轻松的事物中，将我的感官和头脑重新唤醒；有时与幻想中的孩子们嬉戏，让我的情感再次变得充沛；有时与自己相处，对自己的状态十分满意，心中都是我理所应当拥有的幸福。只有爱能让这三种情况变得有意义，自负之心没有任何可用之处。当我身在人群中经历悲惨遭遇时，遇到的情况完全不一样，那时我还是一只提线木偶，被那些虚伪的友好、浮夸又嘲讽的高帽和口蜜腹剑恶意摆布。

无论我怎么抵触，自负都能占据上风。每每透过人们丑陋的躯壳看到仇视与厌恶，让我的心宛如刀割；想到因为自己的愚蠢而被人玩弄，更是在心里平添了些许孩子气的恼怒，这就是自负了——我知道这愚蠢至极，可我无法控制自己。为了不再生活在充满凌辱和嘲讽的眼神里，我付出了不可思议的巨大努力。我无数次走过林荫大道，走过川流不息的街道，下定决心要经受一次次残酷的磨炼，可我不仅没有达到目的，甚至连一点进步都看不到；我付出了如此艰辛的努力，到头来一场空，我还是像过去那样容易被激怒、欺骗、玩弄、肆意伤害。

我被自身感官支配着，无论做什么都必须会被感官

产生的意念支配；一旦前一件事物触及了我的感官，我
的心灵就会随之颤动，虽然它只是伴随感觉而存在且时
间尚短。如果我面前出现了一个含恨抱怨之人，也会对
我造成强大的影响，但一旦那个人与我擦肩而过之后，
我也就恢复了平静，在他从我眼前消失的那一刻，我就
会忘了他。就算知道他想让我不痛快，我也不会为他耗
费心神；我感觉不到的伤害不可能会影响到我，那些迫
害者如果不出现在我面前，我就觉得他们不存在。尽管
我明白我的态度会让那些等着控制我的人有机可乘，那
就让他们来吧。我完全不想将我的心思放在如何保护自
己上，就让他们尽情地折磨我吧。

　　我心灵上唯一的折磨就是感官对心灵的影响。如果
我的周遭没有人烟，我会完全遗忘自己的不幸遭遇，连
感觉都不会存在，更不会为此痛苦；我可以感觉到幸福、
满足、专心致志、毫无牵绊。但我却不能躲开情感的伤
害，在我快要忘记一切时，一个阴郁的手势和眼神，一

句恶毒的语言或者巧遇的一个心怀不轨的人，都会让我
变得烦闷。于是，我只能选择一次又一次地忘记自己见
到的一切，然后躲起来，似乎这样心头的苦痛和让我痛
苦的对象就会一起消失，一回到孑然一身的状态我立刻
就变得自在了。可是我所经过的地方必然会有再次引发
痛苦的事物，这是让我焦虑让我苦恼的地方，足以让我
好不容易找回的幸福再次消失。

　　我的住所在巴黎市中心，为了享受自由的呼吸，享
受孤独，我不得不走出家门，走上很长一段路去我想去
的地方。在路途中，我不可避免地会碰到许多让我紧张
的人和事，在我到达心中的避难所之前，我的期待可能
就已经被焦虑消磨殆尽了。庆幸的是，他们还是会让我
走完这段路，终于冲出恶毒随行者的包围圈，呼吸到自
由空气的那一刻无比美妙。我来到绿意盎然的树下，觉
得自己仿佛置身于天堂之中，当内心愉悦重回心底时，
我觉得世界上最幸福的人非我莫属。

我还清楚地记得，在我幸运的时刻，如今让我觉得幸福的场景在那时觉得无聊乏味。当我在乡下的某户人家做客时，我会选择独自出门在新鲜空气里放松身体，像窃贼一样偷偷摸摸地溜走，来到鱼塘或田野间散步，那时我从不觉得安宁和幸福可以从这里获得，反而会因种种无聊的想法而激动，即使陪伴我的同伴离开了，也觉得他的呼吸还在我身边。不可一世的自负和喧闹的社会生活蒙蔽了我的双眼，树丛的鲜活色彩与我无缘，我想要的安宁也不能独自享受。即使逃避到树林深处，那些讨厌的目光依旧如影随形，大自然就这样在我的眼前消失了。在终于彻底摆脱了社会的人情世故和人们可悲的名利驱逐后，我才终于发现了大自然的真正魅力所在。

我深信不疑的是最原始的情绪冲动是无法控制的，我放弃了要掌控它的想法。每当遇到让我急躁的事，我便任由自身血液沸腾，让愤怒和狂躁随意控制我的感官——因为即便用尽全身力气也不能阻止或抑制情绪的

爆发，那就由着它尽情释放吧。我只能耐心地等着处理
后果。发亮的眸子，愤怒的面容，颤抖的四肢和僵硬的
心跳都只是单纯的心理反应，与理性无关，可我也只能
任由天性释放出它的怒气，我才能尽快地恢复知觉，重
新做自己的主人。过去的很长一段时间我一直尝试着尽
最大努力做到这一点，可一直都没有成功，终于在最后
还是做到了。从此，我不再去做无谓的反抗，而是将满
身精力用在等待时机到来一举夺取胜利，因而我放手让
理智做主，因为在我愿意聆听的时候理智才会发声。

    天哪，我在说什么！我的理性？我要将胜利的功劳
都归功于理性？这简直是极大的错误，愚蠢至极，因为
从始至终理智并没有发挥任何作用。所有的一切都是因
为我优柔寡断的秉性，一阵风就能让我的内心掀起波澜，
必须要风平浪静后我的心才会重归宁静。因为冲动我变
得急躁，因为懒散我才获得安宁。天性使我依赖着它，
任何冲击都能将我的情绪带动；一旦外界的力量消失，

情绪也就不再波动，更不会有后遗症。命运的起落和人
类的算计在我这样的性情之人身上起不到任何作用，只
有持续不断的制造痛苦才会让我一刻不停地感受到疼痛。
一旦痛感中断，在我短暂的间隙我都能瞬间恢复平静。
人们随心所欲地操纵着我的感官，他们随时都可以拿我
寻开心，但只要稍微放松，我就可以回到最初的状态。
不管别人如何，我都能回到最初的样子；不管过程多么
悲惨，我都能在这种状态下感受到幸福——我可能就是
为这种感觉而存在的。在其中的一次漫步遐想时，我曾
经描述过这种状态，它是如此适合我，让我想永远都待
在这样的环境下，无欲无求，唯一担心的是有人扰乱我
的状态。人们对我的压迫无论如何都不可能对我造成伤
害了，尽管我还在忧虑他们正在思考着新的折磨的办法。
可以确定的是，对我产生持续性伤害的圈套他们是想不
到了。想到这一点，我又暗自嘲讽起他们的白费心机。
都随他们去吧，我喜欢现在这样的安闲自在。

九

幸福

　　要想将幸福保持为一种永恒的状态，似乎并不是凡人能拥有的权力。世间万物都是持续发展的，并不会为谁而停留在最初的状态。我们周围的一切都在变化，我们也随着环境的变化而变化着，没有人可以保证明天还会喜爱今天挚爱的一切。那么，我们为追求幸福而制定的计划都是不切实际的。所以当精神得到满足时就尽情享受当下吧，细心呵护着它不要大意让它溜走，但是也不能强求它停留，那无异于白日做梦。

　　我很少见到幸福之人，或许根本就不存在吧，但知足常乐之人倒是很常见。在那些让我感到惊讶的事件里，这个发现是让我最满意的。我相信这是自然产生的反应，是感官支配内心感受产生的结果，幸福只会存在于兴奋之人的心里，不会有任何表象外露。相反，从眼神、动作、语言和行为中表露出的满足，会让察觉到这些信息的人受到感染。看着所有人都因为这氛围而沉醉，每一颗心都被这短暂却活力四射的快感感染，这世上还有比这更让人愉快的事吗？

　　三天前，P先生迫不及待地将达朗贝尔先生为乔芙兰夫人所做的一篇颂词朗读给我听。在开始朗读前，文章里胡编乱造的新词和无聊的文字游戏被他嘲讽了一番，还不时爆发出大笑，开始朗读时依然控制不住。我认真地听着，他看到我严肃的神情后也安静了下来，当他发现他的笑声不能感染到我时，他终于不再笑了。

　　这篇文章中用最考究的字眼和最长的篇幅描绘了乔芙兰夫人与自己的儿女谈天说地时让人艳羡的快乐。作者仅仅只是依据这种对儿女的情感感叹：这是天性善良的最好证明，可他并未就此止步，继而做出了进一步定论，天性恶毒的人是不会对孩子充满爱意的，心眼必定已经坏透了，甚至断定如果去问那些被判死刑的罪犯，他们一定会否认自己很爱孩子。这种虚妄的断言让这篇文章变得独特。即便作者所言属实，难道就可以将死囚犯和一位值得尊敬的女士相提并论吗？我轻易地就明白了这种无耻做法背后的意图。待 P 先生朗读完毕，我立刻向他揭露了这篇颂词一些呼之欲出的东西，并告诉了他我理解的一些观点：作者写下这篇文章时绝不是为了表达友爱之情，表达心中的仇恨绝对是最终目的。

　　第二天天气很好，只是有点冷，我打算徒步去军事学院附近寻找正值茂盛生长时期的青苔。路途中我想到前一天 P 先生的到访以及达郎贝尔先生的大作，潜意识认为这绝对不是无心之举，目的绝对不单纯。平时什么事都怕我知晓，现在却主动将这本小册子拱手相送，这并不光明的举动足以让我知晓其中深意。把自己的孩子送进了育婴堂这样的行为足以批判我是一个没有人性的父亲。在人们确定了这种想法后并由此引发各种猜测，便会得出"我痛恨孩子"这样一个让人诧异的结论。顺着这条思路延伸下去，我不得不佩服人们颠倒黑白的能力。

没有人比我更喜欢看到孩子们一起嬉笑玩耍的景象了，每次在散步时，在街上闲逛时，看到孩子们玩游戏或恶作剧的身影，我都会停下脚步兴味十足地观看——我从未见过其他人也怀有这种兴趣。就在 P 先生登门拜访前一天的前一小时，我还接待了房东苏索最小的两个孩子，大一点儿的那个应该有七岁了；他们一看到我就开心地飞奔过来拥抱了我，我的心都被他们暖化了，摸了摸他们的头以示友好。尽管年龄相差悬殊，但他们看上去是真心喜欢与我相处，而我也因为他们并没有嫌弃我这个老朽感到心满意足。小一点的那个孩子更是主动跑回我身边，心里满满孩子气的我对他甚是偏爱，心里遗憾着他不是我血浓于水的亲人。

如果可以在面对将自己孩子送进育婴堂的非议时在措辞上花点心思的话，就会轻而易举地将偷换概念转变为一种责难，对于将我塑造成一位厌恶孩子的父亲的形象我可以理解，可真实的情况是，我担心任何做法都会让我的孩子们经受糟糕千百倍的灾难，为了最大限度地让他们免遭责难，我才下定决心做出这样的选择。如果我对他们的未来一点都不在意，那么我完全可以在无法亲自抚养他们的情况下将他们交给生母，任其将他们宠坏。或者交给孩子母亲的家庭，养出一群怪物，这些假设就已经让我避之不及。我眼中的他们将来可能会做的事与伏尔泰描写的穆罕默德对赛义德的所作所为只可能

有过之而无不及①。直到后来人们针对这个问题为我铺好
了陷阱，我才发现他们早就蓄谋已久。

　　其实当时我还没有预料到人们设下的陷阱对我来说
会有多么残酷，但我确定育婴堂对孩子的教育可以让孩
子免遭太多伤害，于是我毫不犹豫地将他们送到了那里。
如果再让我选择一次，我一定还会这样做，且不会有一
丝一毫的犹豫。因为撇掉后天养成的习惯单从天性来看，
没有一位父亲比我更爱自己的孩子。

　　观察孩子的乐趣让我接触了人类心灵，从而对人类
心灵有了进一步了解。青年时期我虽然也有同样的乐趣，
但那时满心都是和孩子们玩耍时的快感，觉得这种研究
对我来说就是一种阻碍，更别提还要去研究它们了。而

---

　　①　伏尔泰在《先知穆罕默德》中写道，赛义德是穆罕默德的奴仆，
他的父亲是穆罕默德的仇人。穆罕默德为了报复，唆使赛义德杀死了自
己的父亲。

今我已步入老年阶段，自己这副苍老的面容让孩子们感到害怕，便决定远离他们了，我宁愿割舍这份乐趣也不愿让孩子们沮丧；我只要能远远看着他们玩玩游戏嘻嘻哈哈就已经满足了，看着他们，我仿佛回到了当初那个纯粹、真挚的年代，我做出的牺牲被这种感情所弥补，而我们的有识之士还被蒙在鼓里。我自己作品中记载的内容可以证明我对孩子们的研究有多么详细，这都源于我对孩子们真诚的喜爱，不然如何能做到这般详细呢？如果还有人说《新爱洛依丝》和《爱弥儿》出自于一位厌恶孩子的作家之手，这应该是全世界最易攻破的谎言了。

侃侃而谈的精力和天赋对我来说都是空白的经历，而在种种不幸的压迫下，我的舌头和脑子更是越发迟钝。观点的把握和言辞的贴切一日不如一日，可要跟孩子们交流，在这几点的把握上必须慎重，但那些小听众们的理解力和注意力都有所欠缺，他们对于我说的那些看似分量十足的话语持以何种态度，会怎样理解，这无形中增加了我与他们交流的困难。这种情形太过复杂，而我才能有限，让我有些束手无策。我想与一位亚洲帝王交流会比与一位小朋友侃侃而谈要轻松得多吧。

而现在，我与孩子们的关系因为一些不幸的事情变得更加疏远。经历了种种不幸之后，我依然喜欢孩子们天真的笑颜，想要亲近他们却心生怯意。他们不喜欢老人，老人毫无生机的模样让他们犹如见到魔鬼，我从他们的眼里看到了惧意，这让我伤心欲绝。我宁愿再也不和他们亲近，也不愿他们对我产生厌恶之心。这样的想法对于情感细腻丰富的人会有作用，但对于学究而言毫无意义。

乔芙兰夫人完全不会考虑儿女们和她在一起是否轻松愉快，反正她自己很开心就够了。但我认为这样自私的开心比漠不关心更恶劣。快乐如果不分享出去，还有什么存在的意义呢？可我的年龄和处境都不允许我再与孩子们分享打闹的快乐了。如果我还能将我的快乐分享给他们，这种乐趣会因稀少而变得更加珍贵。这正是那天早上我与苏索家的小朋友们打招呼时的感悟。不仅是因为带着孩子的女仆没有对我评头论足，也没有让我有一种必须在她面前谨言慎行的感觉，最主要的是因为孩子们在我面前始终是那样活泼可爱，或许跟我的相处没有那么可怕，也没有那么了无生趣。

唉，如果我还能再体会孩子们亲密无间的情感该有多好啊，就算只是来自一个嗷嗷待哺的孩子。哪怕是让我经受更多的磨难与痛苦，只要让我能再次从他们的眼神里感受到快乐与满足，这短暂的、真挚的情感都是可以永存于心的啊。

唉，难道我想要寻求的善良眼神除了动物已经再没有人可以赐予我了吗？在人类的眼神中我已经几乎看不到善良了，仅有的几次美好经历却是足以给我留下深刻印象。接下来要叙述的就是其中一件，我平时很少想起，

但因为印象太过深刻，所以完全可以拿来当作我悲惨命
运的见证。

　　那是两年前的一天，我漫步在新法兰西街区，直行，
左转，穿过克里尼昂库尔村，打算去蒙马特高地转转。
我走路时思绪不怎么集中，脚完全是凭着感觉在走，突
然感觉膝盖上被一个软软的物体抱住了。我低头一看，
一个五六岁的孩子正用力地揪着我的膝盖。他的大眼睛
好奇地看着我，那可爱的神情让我内心变得柔软而感动，
我想到了自己的孩子，他们原本也可以这样亲近我的啊。
我抱起孩子亲了几下他那柔软的脸颊，然后放下他继续
我的路程。走着走着，我总觉得心里空落落的，一股不
由自主的需求感油然而生，让我停了下来。我怪罪自己
不该就这样丢下那个孩子，他那无意间的举动表示的某
种不该忽略的缘分是多么难得。我终于不再犹豫，拔腿
跑向刚刚那个小男孩站的地方，幸好他还在那里，我抱
了抱他，又给了他一些可以从小贩手里买几个小奶油面

包的钱。他和我很快熟悉了起来，兴奋地和我聊着各种
事情。我问他的父亲在哪里，他指了指不远处箍桶的手
艺人。我正准备走过去与孩子的父亲聊一会儿，一位不
怀好意的人抢先一步，似乎就是那群一直盯着我不放的
像苍蝇一样的家伙中的一个。那个人跟孩子的父亲耳语
了几句，那个箍桶匠的眼神果然不像之前那样友好了，
像毒蛇一般缠绕在我身上。这幅景象让我难受得快要窒
息了，我当机立断从父子俩身边走开，比我转身回来时
的动作还要迅速，我心乱如麻，再也没有了一点继续漫
步的兴致。

不过在那之后，我对那种美好的感觉记忆犹新；有
好几次路过克里尼昂库尔，我都希望能和那个孩子再一
次相遇，可我的希望一次次落空。唯剩这次遭遇给我留
下的一段甜蜜又悲伤的鲜活回忆，就像现在不经意间就
会涌向心头的回忆一样，都是以痛苦告终，让我的心扉
再难开启。

　　万事得失随缘。虽然快乐总是短暂的，但留存心间的感受却是真实而强烈的。我如反刍一般仔细品尝着这些快乐。这稀有的幸福让我比生活在浮夸的繁华中更有幸福感，因为它们毫无杂质。经历了极端的贫困，即便是得到一丁点儿都会让人觉得拥有了全世界。捡到一枚埃居①的穷光蛋比发现一大袋金子的富豪更激动。这些我奋力掩藏的，不让人发觉的小小的快乐如果让那些企图迫害我的人发现，他们一定会嘲笑我，这样不足挂齿的小事都能让我有这么强烈的反应？四五年前的一件小事就是这个情形，每当回忆起来，我都感到无比的轻松愉快。

　　那是一个星期天，我和妻子在马约门吃完午餐后，一起穿过布洛涅森林，一直走到了猎舍街区；我们寻了一块阴凉的草地休息，打算在日暮西沉时在从帕西打道回府。这时一位修女带着20来个小女孩走了过来，她们

　　———————
　　①　法国旧制货币。

有些坐下来休息，有些就在我们身旁玩闹。正玩得起劲，
一位卖蛋卷的小贩带着滚筒和抽签的转盘从旁边经过，
想从她们身上赚点钱。我看得出来有小姑娘们被吸引了，
其中有两三个小姑娘手里有几个里亚①，便请求修女同意
她们去玩一玩。当修女还在想着该如何婉拒时，我做主
叫来小贩，对他说：请让所有这些小孩儿每人轮流抽一
次签，我来付钱。这句话如一石激起千层浪，单单是这
些因愉悦而波动的浪花，花掉我整个钱袋又有何妨？

　　她们热情十足，可一直扭扭捏捏不敢上前，我在征
得修女的同意之后，指挥她们按顺序排好队，依次抽签。
谁都没有抽到白签，原本什么都得不到的她们还每人都
得了一块蛋卷，这让她们都兴高采烈，但为了让她们更
开心，我悄悄地建议小贩：将其常用的伎俩反过来，让
孩子们抽到更多的好签，我会配合他的一切动作。有了

_____

　　①　法国旧制货币。

这样的"谋划",孩子们抽到了上百件战利品。每个孩子只有一次抽签机会,这是唯一没法商量的原则,因为我不想让她们太过娇纵,也不想因为偏心而让所有人都不愉快。妻子更是鼓励那些抽到好签的孩子们将她们的快乐分享出来,于是,开心的气息感染了整块草坪。

我心怀胆怯地邀请修女也来抽一签,生怕她会不屑一顾地拒绝;不过她十分愉快地接受了我的邀请,和她的学生一样从摆在她面前的所有签中抽了一个;我对她感激不尽,这是一种让我分外欣赏的礼节,比任何虚与委蛇的礼貌更让人珍惜。在抽签的过程中难免有争吵,那些小女孩要我做裁判。这些来到我面前的孩子们让我近距离观察到,尽管她们算不上美丽,但其中有几个看着十分乖巧,足以弥补她们不好看的地方。

最后,我们开心地互相道别。这个下午又充实了我最快乐的时光宝库,每次回忆起来我都十分满足。虽然这场小小的节日还不至于让我倾家荡产，但我却用小小的花费获得了无价的快乐和满足。是了，没有哪一种美好的情感是可以用金钱来衡量的，付出铜板与付出金路易得到的快乐是一样的。后来，我又刻意在同样的时间同样的地点经过了好几次，希望能再次遇到那些如天使般的小朋友，然而希望又落空了。

这又让我联想起了另一件类似的趣事，那段回忆发生的时间已经十分久远了。那是一段不幸的日子，我还混迹在富人和文人堆里，时常与他们分享的毫无意义的快乐格格不入。

有一次，我在拉谢福莱特为宅邸女主人庆生。整个家族都聚集在一起，竭力烘托欢乐气氛。各种形式的游戏、表演、宴会、烟火都有。这样形式主义的折腾让人窒息，让人对这喧嚣充满眩晕。于是午餐后大家都走到街上，想要透透气。大街上正在举办类似集市的活动。

先生们放下架子加入到跳舞的人群中，夫人们在一旁驻
足观看。同行的一位年轻人自作主张从卖香蕉面包的人
手里买了一些面包，一个个丢到人群里。那些乡下人蜂
拥而至，争先恐后地抢着面包，你拥我挤，乱成了一锅
粥，每个人都想得到这天上掉下来的馅饼。这混乱的场
景让我们这伙人乐得捧腹大笑。香蕉面包忽左忽右的从
空中抛下，人群忽东忽西地奔跑着，这个场景成功地逗
乐了所有人。为了我那可笑的面子，我也和他们一起做
这样的事，尽管我从内心鄙视这样的做法。我很快就对
这种掏空钱包看人们互相踩踏而取乐的游戏产生了厌倦，
于是我从人群中走出来，一个人游荡在集市里。集市上
丰富的物品让我兴致勃勃地研究了很久。

　　我在人群中发现了有意思的一幕。五六个萨瓦人围
在一个摆苹果摊的小姑娘面前，摊上的最后几个苹果卖
相并不怎么好，可那位小姑娘很想将它们卖出去。那几
个萨瓦人显然很想帮她脱手，但他们手里的钱加起来只

有两三个里亚，完全不够买这么多的苹果。他们眼里的这个摊位就像古希腊神话里的神秘花园，而小姑娘就是看守园中苹果树的巨龙。我饶有兴致地看着他们，最后我实在不想让这几个善良的人继续困扰下去，就为他们解决了这个难题。我从这个小姑娘手里买下了所有的苹果，再让她分给那几个年轻人。然后，我看到了一幅让我感动的画面：快乐、纯真与年轻的欢声笑语，辉映、融合，在我的身边蔓延，所有的旁观者都感受到了这一份简单的快乐。我付出一点点金钱让所有人都感受到了快乐，这种以我为中心传播的快乐，感觉极度美妙。

这场消遣与刚才逃离的那场所谓放松的场景，我发现其中的区别很大。想帮别人变得富裕，这是健康的爱好，快乐会自然产生，这和通过嘲弄别人得来的还自视清高的爱好完全不同。看着一群被贫困折磨的人蜂拥而至，挤得水泄不通，粗鲁得不顾一切，露出贪婪的模样只是为了争抢几块被踩踏在脚下的、沾染了尘土的面包，始作俑者以此为乐，得到的是一种怎样粗鄙不堪的乐趣呢？

　　从单方面来看，在我认真思考上述情况下我得到的乐趣有何区别时，我发现我享受的这种乐趣是因为看到他人脸上满足而快乐的神情时我也会随之感到愉悦，并不是我有一颗仁慈的乐善好施之心。快乐的面庞会不知不觉地吸引我，尽管我无法判断这是一种来自内心的还是浮于表面的快乐，但却可以通向我的内心深处。如果我无法看到自己的行为为别人带来了满足感，那么即使真的做了一件好事也无法充分体验其中的乐趣。我的这种乐趣没有一点私心，也没有想在其中扮演多大的角色。

　　在节日欢庆时人们脸上散发的各种快乐神情深深地吸引着我。可在法国，这份期待却一直不能实现。这个白诩快乐无比的国度在任何活动中都无法表现出任何乐趣。从前，我经常会去城郊那些露天咖啡馆看人们跳舞，可那些舞蹈没有激情，人们的动作是那样愚笨不自然，让我越看越压抑，没有一点欣喜。

在日内瓦，在瑞士，欢笑从来都不会变成让人肆意嘲弄的对象，节日气氛中的所有人都沉浸在自然的满足和轻松的欢笑中，丑恶嘴脸根本没有容身之处，宴会更不会让人觉得放纵而高高在上；善心、友好、融洽渗透在每一丝空气里，真诚的快乐在人群中传递，陌生人之间也可以随意交谈和拥抱，可以一起享受节日的快乐与和谐。而我无须参与其中，哪怕只是站在旁边静静观看都能感受到这份快乐。看着他们，我就能体会到他们所有人的快乐，我收获了这么多的快乐还能有比我收获更多的人吗？

尽管这只是来自感官的快乐，但其中一定有道德准则的存在，恶人脸上的喜悦和快乐，只不过是他们的旁门左道实现之后的表现就足以证明我的感觉是对的，可他们的这种做法不仅不会让我感到开心，反而会让我在痛苦和怒气中无法自拔。唯有单纯的快乐会让我也感受到愉悦。为了嘲弄人的残酷乐趣就算与我毫无关联，也会让我身心备受折磨。当然，产生的原因不一样，这两种快乐的情绪也不一样，但总归都可以称为快乐。它们之间细微的不同在我身上引起的触动却大不一样，于我而言，终归是不同的快乐。

对我触动更明显，让我更难以忍受的表情是由痛苦和磨难所引发的，它们在我心里引发的情感比它们本身更让我难以忍受。感官在想象力的影响下变得十分敏锐，我就像那个正在承受苦难的生命，这种感同身受常常让我比对方本人更加痛苦。我难以承受那种闷闷不乐的情绪，尤其是在我感受到这种痛苦与我息息相关时。现在回想起那段在上流社会与那些"成功人士"纠缠不清的时光，简直是对我回忆的羞辱，每当我看到那些仆人不情不愿地伺候主人，脸上那副郁郁寡欢的场景就让我分外难过，于是我为了补偿他们总是会付出昂贵的补偿，以弥补主人为款待我而给他们带来的灾难。

　　我一直都会被那些表面上的愉悦、伤痛、友好、嫌弃的感性影响，我被这些外在力量牵引着，避之不及，唯有逃离，即便来自陌生人的一个表情、一个手势、一个眼神都会让我的快乐中断，或者将我的痛苦平复。唯有我独自一人时所有的一切才是属于我自己的，否则周围的一切都能轻易摆布我。

　　从前，我在人们眼里看到的都是善意，所以我在人群中生活得很快乐，最糟糕的也不过是陌生人之间的漠然。现如今，人们将我的面孔公之于世，可又将我的本性掩盖，于是街道上到处都是让我伤心欲绝的事物；我只能加快步伐躲到乡下，只要一看见绿色，我的呼吸瞬间就会变得顺畅。难道热爱孤独是一件让人惊讶的事吗？可只有大自然才会全新接纳我，在人类的脸上我只能看到敌意。

　　我想只要别人认不出我这张脸，我还是可以享受和人们一起生活的快乐。但是如今的这点快乐我再也无福消受了。几年前，我很喜欢穿行在乡镇里，和太阳一起看农夫劳作，看妇女在家带小孩，这幅景象总会让我觉得莫名的感动。有时我会停下来看许久，看着这些淳朴的乡亲们开心地忙前忙后，我听见了自己的叹息，却不知道原因。我不知道像我这种因为一点小事就可以获得乐趣的行为别人会如何看待，会不会觉得我太感性，会不会连这一点乐趣都不给我。但是，每当我路过，从别人看我的眼神中我不得不承认他们已经不惜耗尽精力，将我决定隐姓埋名的地方夺走了。同样的情况在巴黎荣军院以一种更显眼的方式发生在我身上。我对这座美丽的建筑一直兴趣浓厚，我对那些正直的老人总是心怀感动和尊敬，仿佛他们都像古代斯巴达时期的老战士那样说着：

我们曾经年轻勇敢，一往无前。①

---

① 引自普鲁塔克的《名人传·吕库古》。

　　我最喜欢漫步在军事学院，因为在那附近我总会偶遇到一些残疾或退役的老兵，他们的军人风范依旧，路过时会向我敬礼致意。这份简单的礼遇会给我放大千百倍的快乐，让我更加期待见到他们。因为我从来不懂得掩饰内心的感动，便时常会谈起这些偶遇的军人，告诉人们他们的面容有多么让我感动。事情本该到此画上句号。可一段时间之后，我发现他们不把我当作从未谋面的陌生人了，或者说在他们眼里的我比过路的人还要陌生，因为他们眼里的目光太过眼熟，就是所有人打量我的那种目光。没有了客气的攀谈，没有了行礼致意。令人憎恶的表情、凶暴残忍的表情代替了最初的礼貌。过去的军人职业让他们性格耿直，他们不会像其他人那样用嘲笑和虚伪来掩饰内心的厌恶，他们对我的憎恨溢于言表。这是我遇见的让我最痛苦的遭遇，我不得不时刻提醒自己要警惕那些不会掩饰内心的人。

　　从那一刻开始，我再也不觉得在荣军院附近散步是让我愉快的了，虽然我对他们的感情不是建立在他们如何待我的分上，只要见到他们，我都会想起他们保家卫国的艰辛，对他们总是满怀敬意和感激。我是如此敬重他们，可他们对我的态度却如此恶劣，我真是难过得无以复加。如果我偶然遇到一位不了解公众舆论或者不熟悉我因而不会表现出任何恶意的老兵，只需他一个真诚的敬礼，我就能原谅所有其他人对我的伤害。我会只在意这位向我行礼的人，认为他和我一样有一颗赤诚之心，然后忘记那些不怀好意的人。就在去年，在过河去天鹅岛的路途中。我曾有过这样愉快的经历。

一位可怜的残疾老军人坐在船上等着凑齐人数再渡河。我介绍完自己，向他打了招呼，便吩咐船夫开船。水面很宽，船一直在行驶着。我不敢开口和老军人交谈，担心会像平时那样遭到责难或冷眼，但他那和蔼的模样终于让我的担心消失了。我们聊得很开心，我觉得他是一个明事理，大公无私的人。我惊喜于他的健谈，更为他和蔼可亲的态度而着迷，尽管我不太习惯别人用这么亲切的态度对待我。而当我知道他刚从外省回来时，我便不觉得惊讶了。因为人们还没来得及告诉他我的为人、如何辨认我的外貌。我很欣喜还有这样一个空白供我利用，便越发聊尽兴了。从这段相遇给我带来的快乐中我明白，最为常见的乐趣因为稀少而变得太过于珍贵。

下船时，他拿出早已准备好的两个铜板，我抢先付了全部船费，并请求他接受我的好意，虽然我因担心他拒绝而吓得心惊胆战。尽管他敏锐地察觉到了我的殷勤，但他完全没有生气，因为他年纪较大，在我提出扶他下船时竟也没有拒绝，我竟像个孩子一样喜极而泣。我真想将手里的一枚 24 苏的硬币塞给他，让他去买烟抽，但我克制了这个想法。那时将我控制了的羞涩之心也阻断了可以让我做更多好事的机会，只有在我因自己的愚蠢而感到惋惜时，这个毛病才能克服。这一次，在与老军人分开之后，我给自己找到了一个完美的借口，我不能

把任何事都与金钱扯上关系，会让他们的高贵变得不再
名副其实，他们的无私也会被我的行为摧毁，更与我的
处世原则相违背。我们应该对那些需要帮助的人怀有热
情，但在日常生活中，还是交给天生的善意和文明吧，
永远不要让那些什么都用金钱衡量的心、唯利是图的嘴
脸靠近这片纯净甜美的甘泉，不要让这片净土变得杂质
丛生。据说在荷兰，连最简单的问路和询问时间都是要
收费的，这应该是一个毫无人情味的民族，连举手之劳
都要拿来做交易。

　　似乎只有在欧洲，人们才会把热情好客当作商品来
销售。在亚洲有许多地方会免费招待游客，或许那样的
住宿环境并不是应有尽有的理想场所，但这样的接待就
让人感觉到：我是一个人，并有接纳我的容身处。人性
将我安置在一个可以遮风挡雨的地方。只要心灵得到了
重视，身体上的吃穿住行进行的缩减是完全可以忍受的。

十 华伦夫人

今天是圣枝主日①。我遇见华伦夫人已经有整整 50 年了。那一年她 28 岁，世纪之交之时，她出生了。那一年我还未满 17 岁，我的性格特征已经慢慢显现，但自己还未发现，我那颗天性就充满活力的心中慢慢衍生出了一种崭新的热情。如果生命里有这样一位优雅端庄、蕙

---

① 复活节前的星期日。

质兰心的女人对一位活力四射却温柔谦虚、外形讨喜的年轻人多加照顾也并不让人惊讶，那我对她心怀感激、无比温柔细腻的情感也就是情理之中了。不同于常理，这一初见就决定了由此产生的蝴蝶效应为我余生的际遇奠定了基调。

　　那时我的心智还未完全发育成熟，珍贵的品质还未显现，灵魂本身也还是一具歪斜的躯壳，它正耐心等待着可以定型的时刻——我们的相遇让这一刻提前到来，虽然这一刻并没有降临。我接受的教育让我的品性变得单纯，在这种质朴品性的驱使下，我竭力将这种爱情与纯真在同一颗心中并存的甜美而短暂的状态维持着。后来她离我而去了，我身边的一切都让我想到她，我要努力回到她身边。这场回归决定了我的命运，在没有得到她之前的一段时间里，我的生命里全是她，她是我活下去的支撑。

　　唉，如果我可以像她抚慰我的心灵那样来让她的内心得到满足该有多好啊！我们曾经在一起的时光是多么美好而甜美的啊！我们拥有那么多美好的时刻，却都那么短暂，让人来不及回味，随之而来的境地又是多么让人绝望啊！我每时每刻都在回味生命中这段独一无二的让我感动和快乐的日子。我多怀念那真实的自己，那么纯粹，没有阻碍，我真真切切地为自己而活着。我可以借用那段被维斯帕西亚努斯赦免之后在乡村平静度过余生时一位禁军长官的话："我在人世间度过了六十六年之久，但真正的时光只有七年。"如果生命里没有这段虽然短暂却精彩的时光，或许我会一直怀疑自己；因为在我之后的生命里，懦弱而无从反抗的我，因遭到迫害而激动、矛盾、纠结，让我在风雨飘摇的生活里都无法弄清楚自己的做法究竟哪个是自己真心所为。我承受的重担因为现实生活一直在加重。但我有一位善解人意的温柔女子陪我度过那短短的几年，我做着自己想做的事，成了自己心里的那个人。在我的娱乐活动中，在她的引导教育下，我那单纯无形的灵魂终于找到了最为适合的形状，并在余生中一直保持着这个样子。蓬勃而柔和的情感和孤独的冥思苦想应运而生，这样的养分让灵魂茁壮成长着。喧闹和嘈杂压抑着我让我无法呼吸，宁静与和平让我重新恢复活力。只有在凝聚心神时才能勇敢地去爱。

　　我鼓励妈妈①和我一起去乡下生活。我们找到的庇护所位于山谷斜坡上，那里有一间远离尘嚣的小屋，我们一起在这里度过了四五年时光，却好像有一个世纪之久。我们生活在一个被幸福满满包围的世界，现在我觉得恐怖的一切在那时满满都是幸福的光环。我的心灵需要一位红颜知己，于是她出现了；我不愿被世人奴役，于是便安心地享受着自由，甚至超越了尘世间的自由，因为我只做我喜欢做的和想做的。我全部的时间都被热切的

————————

　　①　卢梭对华伦夫人的称呼。

关怀和浪漫的活动包围。我无欲无求，只想让这样的状态一直保持着。我唯一害怕的，就是这种状态终有一天会离我而去，因为我们的现实处境是那么糟糕，这并不是空穴来风的担忧。从那时起，我就考虑着要给自己找一些其他用以消遣的活动，把自己从这无边的忧虑中解脱出来，同时努力寻找一些避免被现实破坏现在美好生活的方法。我想未雨绸缪才是对抗苦难最好的办法，于是我利用所有的空闲时间开始想对策，如果可以，或许在未来的某一天，我能凭一己之力对所有女性中最美好的那一位伸出援手，就如当初她助我一臂之力时一样。